唐诗·宋词·元曲

第三册

史晓东 编译

调笑令

王建

团扇①，团扇，美人病来遮面。玉颜憔悴三年，谁复商量管弦？弦管，弦管，春草昭阳路断②。

【注释】

①团扇：圆形的扇子。②昭阳：昭阳殿。汉成帝与宠妃赵合德歌舞行乐的地方。

【赏析】

词中美人因病憔悴三年，再也唤不回陪伴君王调弦弄管、商量歌舞的日子，因而叹息春天虽来，然而承恩受宠的『昭阳路』已断，剩下的只有凄恻忧伤。

竹枝词

刘禹锡

山桃红花满上头，蜀江春水拍山流。花红易衰似郎意，水流无限似侬愁①。

【注释】

①侬（nóng）：我。

【赏析】

满山遍野火红的山桃花，拍山而流的蜀江春水。女子用山桃开放得热烈但却不能长久比喻情郎对自己的情意之浅薄，用无休无止的水流比喻自己深深的哀愁。小令充满了民歌情调，真挚朴素，十分感人。

潇湘神

刘禹锡

斑竹枝，斑竹枝，泪痕点点寄相思。楚客欲听瑶瑟怨，潇湘深夜月明时。

【赏析】

湘妃竹上的点点与斑斑，是传说中娥皇、女英在舜帝去世后因为思念而留下的泪痕。作者贬谪楚地，对竹凭吊，心中满是哀怨。他说在楚地为客的人如果想要听到湘灵弹奏的《瑶瑟怨》，就须要等到潇湘深夜月明时分。

忆江南

白居易

江南好，风景旧曾谙①。日出江花红胜火，春来江水绿如蓝②，能不忆江南？

【注释】

①谙（ān）：熟悉。②蓝：蓝草，其叶可制青绿染料。

【赏析】

这一首词以色彩取胜，作者不遗余力，以浓墨重彩渲染江南风景。然而这色彩与画布上所能呈现的又有不同，因为花红胜火、水绿如蓝的描绘不仅有色，更带出了春天热烈奔放、蓬勃兴旺的生意。这种高度的艺术提炼，千百年让人们永忆这胜似画图的江南春。

长相思

白居易

汴水流①，泗水流②，流到瓜洲古渡头③。吴山点点愁。思悠悠，恨悠悠，恨到归时方始休。月明人倚楼。

【注释】

①汴水：源于河南，与泗水合流后入淮河。②泗水：源于山东曲阜，至徐州与汴水合流入淮河。③瓜洲：在今江苏省扬州市南面，因形状似瓜而得名。

【赏析】

此词写一位女子对于远行的爱人的思念。汴水汇入泗水后经瓜洲渡而入淮河，这大概也就是女子的丈夫出行时所走的路线。行人至今未归，女子望穿秋水，心中千般惦念万般相思结成了忧丝愁网，纠缠难解，无怪乎在她眼中那点点吴山似也知情识意地黯淡了颜色，与她一起忧愁。

她想啊，盼啊，由爱而生恨，恨丈夫的久出不归。然而这恨却是有期限的，那就是丈夫归来之时。

月明星稀的夜晚，她又如往常一样地倚楼独坐，默默地在思索着些什么……

花非花

白居易

花非花，雾非雾。夜半来，天明去。来如春梦不多时，去似朝云无觅处。

【赏析】

这是一首描写歌妓的词。作者形容歌妓似花而不是花，似雾而不是雾，不但写出了她们的美丽、轻盈和绰约的风姿，同时表现出她们神秘飘忽、难以捉摸的特征。她们夜半前来侑酒侍宴，天明之时便各自离去，来如美好短暂的春天梦境，去似朝云流散，无觅踪影。

浪淘沙①

白居易

借问江潮与海水，何似君心与妾心？相恨不如潮有信，相思始觉海非深。

【注释】

①《浪淘沙》：本是白居易的自度曲，形式与七言绝句相同，到宋代逐渐发展为长短句。

【赏析】

盼人不归的女子借问江潮与海水：何似君情，何似妾心？她恨情人不能像潮水一样来去有定时，想他的时候她深深地体会到，海深不如思念之深。

采莲子

皇甫松

菡萏香连十顷陂①，小姑贪戏采莲迟。晚来弄水船头湿，更脱红裙裹鸭儿。

【注释】

①菡萏（hàndàn）：荷花。陂（bēi）：池塘。

【赏析】

此词刻画了一位天真活泼的少女形象。十里荷塘，处处洋溢着荷花的清香，这位小姑娘玩耍其中，几乎忘记了还有莲蓬要采。天色渐晚，可她却不着急不着慌，坐在船头赤脚打着水，将船头溅得湿淋淋的。眼见她站起身来，还道她是要撑船回家了，哪料到她脱下了自己的红裙，轻轻地将鸭儿裹抱。

梦江南

皇甫松

兰烬落[1]，屏上暗红蕉。闲梦江南梅熟日，夜船吹笛雨潇潇。人语驿边桥[2]。

【注释】

①兰烬：香烛的余烬。②驿：驿亭，古时公差或行人休息的地方。

【赏析】

此词写作者梦回江南的情景。夜已深沉，香烛燃尽，屏风上艳红的美人蕉图案也随之黯淡了下去。寂寞的作者闲梦起那个梅子初熟的江南夏日，那天的潇潇夜雨，还有客船上传来的悠悠笛声。作者的梦并非是真梦，而是回忆。『人语驿桥边』写出别离，还有依依不舍的呢喃细语。

望江南

温庭筠

梳洗罢，独倚望江楼。过尽千帆皆不是，斜晖脉脉水悠悠。肠断白蘋洲。

【赏析】

这是一首很有名的小令，写的是闺思。女子自清晨梳洗完毕便倚楼眺望直到夕阳西下，看千帆过尽，独不见游子的归船，心中满是伤感与失望。『斜晖脉脉水悠悠』不但写景，同时也是写倚楼人的情脉脉、思悠悠，而『肠断白蘋洲』的戛然而止，语简、情深，余意不尽。

菩萨蛮

温庭筠

小山重叠金明灭①，鬓云欲度香腮雪②。懒起画蛾眉，弄妆梳洗迟③。

照花前后镜，花面交相映。新帖绣罗襦④，双双金鹧鸪⑤。

【注释】

①小山：指屏风上所画的小山。②鬓云：似云般的鬓发。③弄妆：梳妆打扮。④罗襦（rú）：丝绸短袄。⑤金鹧（zhè）鸪（gū）：指用金线绣成的鹧鸪鸟。

【赏析】

画屏上重叠的小山伴随着阳光的移动忽明忽暗，暗示出时间已经不早了。美人缓缓起得床来，光滑的秀发半垂香腮，宛如乌云度雪。她懒洋洋地起身画蛾眉，恹恹无聊地梳洗上妆。梳妆完毕后用前后两面镜子察看面容发髻是否都已满意，双镜辉映着她如花般的容貌。词文最后写美人新制罗袄上金线绣成的一对鹧鸪，以它们的华丽但却没有生气衬托美人的生活，以它们的成对成双对比美人的孤单寂寞。深含『岂无膏沐，谁适为容』的幽怨。

更漏子

温庭筠

柳丝长，春雨细，花外漏声迢递①。惊塞雁，起城乌，画屏金鹧鸪。

香雾薄，透帘幕，惆怅谢家池阁②。红烛背，绣帘垂，梦长君不知。

【注释】

①漏声：更漏的滴水声。迢（tiáo）递：遥远。②谢家：此处指代闺中。

【赏析】

柳丝长长，春雨绵绵，花外传来悠远漏声。漏声清寥，惊起栖于关隘的大雁，惊起宿于城头的乌鸦，但无动于闺阁内画屏上的金鹧鸪。闺阁内香雾缥缈，透入层层帘幕，弥漫了女子的卧榻。女子惆怅不眠，继而背向红烛，放下绣帘，欲寻一梦，在梦中与他相会；却又不禁想到：纵使一夜长梦，他也未必知道，自己这份痴情终是徒劳无益啊。

菩萨蛮

韦庄

人人尽说江南好，游人只合江南老。春水碧于天，画船听雨眠。

垆边人似月①，皓腕凝霜雪。未老莫还乡，还乡须断肠。

【注释】

①垆边人：卖酒的姑娘。垆：放酒坛子的土墩。

【赏析】

『人人尽说江南好，游人只合江南老。』江南的美好是人人皆知的，但没有真正到过江南的人恐怕不会有如此强烈深刻的感受。碧于天的春水，听雨眠的画船，这般景致情调，已经令人流连忘返，不思归计，哪堪再被那皓腕凝雪、当垆卖酒的『垆边人』含情相视？无怪乎作者会发出『未老莫还乡，还乡须断肠』的感慨。

女冠子

韦庄

四月十七，正是去年今日，别君时①。忍泪佯低面②，含羞半敛眉。

不知魂已断，空有梦相随。除却天边月，没人知。

【注释】

①君：可以指男也可以指女，此处当是指韦庄的旧恋人。②佯：假装，有意掩饰。

【赏析】

四月十七日这天对于作者来说是一个特殊的日子，去年的这一天，他离开了自己心爱的人。他还能清楚地记得离别时刻她假装低头实则强忍泪水的样子，忘不掉她娇羞可人的面容，还有那半蹙的柳眉间隐约可见的忧伤。作者与她分别时但觉肝肠寸断，分别后则是魂系梦牵。岁月流逝，转眼间一年过去，伊人已不知去向。今天，四月十七，他仰望夜空，向她遥寄自己难释的情怀，叹息情之深、思之苦怕只有天边的月儿才能明了。

女冠子

韦庄

昨夜夜半，枕上分明梦见。语多时。依旧桃花面，频低柳叶眉。

半羞还半喜，欲去又依依[1]。觉来知是梦，不胜悲。

【注释】

①依依：恋恋不舍的样子。

【赏析】

作者于梦中见到了朝思暮想的她，并向她倾诉了多时。她依旧是那样的美丽可人，面似桃花，频频低下柳叶一样的眉毛；半带娇羞，半带喜色，欲走还留，依依不舍。一觉醒来，知道一切都是梦境，作者不胜悲怀。

思帝乡

韦庄

春日游，杏花吹满头。陌上谁家年少，足风流[1]。妾拟将身嫁与，一生休[2]。纵被无情弃，不能羞。

【注释】

①陌：田间小道。②拟：打算。

【赏析】

春游中的少女在田间小路上偶遇少年，少年的风流潇洒深深地打动了女子，让她顿生爱慕之情。冲动之下，女子暗自在心中作出了要将终身托付给少年的决定，并且愿意为这样的决定承担风险，所谓『纵被无情弃，不能羞』——就算是有一天被无情地抛弃，我也是无怨无悔。

浣溪沙

薛昭蕴

红蓼渡头秋正雨①，印沙鸥迹自成行。整鬟飘袖野风香②。不语含颦深浦里③，几回愁煞棹船郎。燕归帆尽水茫茫。

【注释】

①蓼（liǎo）：水蓼。生于水边，花白色或浅红色。②整鬟：梳理头发。③含颦（pín）：愁眉不展。浦：水滨。

【赏析】

秋雨渡头，红蓼深浦，沙滩上印着成行的燕鸥足迹。一位女子独立渡口，时而用手理一下被风吹乱的鬟发，冷冷的空气中，飘散着她罗袖里透出的清香。她是在送别爱人，当爱人的小舟即将离岸而去，她的眉头紧锁、愁容满面又怎能不让他牵肠挂肚，欲走还留？这送别时分的儿女情长是撑船人眼中的麻烦事，但饱含着离人千般的难分难舍。

天色渐晚，燕子回巢，爱人的小船早已在视线中消失，而女子却还在江边久久伫立，眼前是一片烟水茫茫。

忆江南

牛峤

衔泥燕，飞到画堂前。占得杏梁安稳处，体轻唯有主人怜，堪羡好姻缘。

【赏析】

本篇为咏物词，借咏燕写闺怨。春日里，一对燕子飞去飞回，正匆匆忙忙地衔泥筑巢。它们将巢安在房屋的杏色梁栋之上，小夫妻从此有了安身落脚的地方，成就了美好的姻缘。这一幕被屋内的女子看在眼里，羡慕在心中。燕子双宿双飞，可自己却终日独守空闺，打发着寂寞无聊的时日，她的心头不禁泛起阵阵悲酸。虽然形影不离、恩恩爱爱的只是燕子，但看着它们过着幸福生活，总算让女子冰冷的世界里多了一丝暖意，她因而对它们格外怜爱，就像呵护自己理想中的爱情。

生查子

牛希济

新月曲如眉，未有团意。红豆不堪看①，满眼相思泪。终日劈桃穰②，人在心儿里。两朵隔墙花，早晚成连理③。

【注释】

①红豆：又名相思子。王维《相思》有：『红豆生南国，春来发几枝。劝君多采撷，此物最相思。』②桃穰（ráng）：桃核。③连理：指不同根却生长在一起的草木。

【赏析】

词写少女苦恋之情。上阕写女子眼含相思热泪，不忍看窗外红豆累累；见新月如眉，更觉团圆的遥遥无期。将相思之苦刻画得入木三分。下阕用『终日劈桃穰，人在心儿里』比喻恋人深藏在自己心里，含蓄道出此生不渝的深深情意。结句更以『两朵隔墙花，早晚成连理』寄托出有情人终成眷属的执着信念。

巫山一段云

李珣

古庙依青嶂①，行宫枕碧流②。水声山色锁妆楼③，往事思悠悠。云雨朝还暮④，烟花春复秋。啼猿何必近孤舟，行客自多愁。

【注释】

①青嶂：青翠的山峰。②行宫：当指高唐宫观。宋玉随楚襄王游云梦台馆，望高唐宫观，言先王（怀王）梦与巫山神女相会于此。③妆楼：指女子梳妆起居之所。④云雨句：宋玉《高唐赋》言楚怀王曾与巫山神女幽会，神女辞别时说自己『旦为朝云，暮为行雨』。

【赏析】

神女祠坐落在青翠的巫山脚下，细腰宫枕着碧澄的溪流。在水声山色中，作者望见宫墙内的妆楼，不禁想起楚怀王梦会巫山神女的前尘往事。他继而因这段象征着男欢女爱的传说忆起自己轻狂的年少，那时的自己终日混迹于烟花柳巷，遍尝了感情的苦辣酸甜，经历了几多欣慰，几多哀愁，荒废了多少青春岁月；如今思来，怎不让人悲慨万分？伤情之下，作者已无法再承受山间传来的猿猱哀鸣声，他不禁向这猿声抱怨道：『何必一再地要飘进我这小舟呢，行人已经不胜忧愁了。』

南乡子

李珣

乘彩舫，过莲塘，棹歌惊起睡鸳鸯①。游女带香偎伴笑，争窈窕，竞折团荷遮晚照②。

【注释】

①棹歌：船歌。②竞：竞相。

【赏析】

词写一群姑娘在夏日莲塘中泛舟游乐嬉戏的情景。她们乘着画船，笑着，闹着，相互依偎着，唱起清悠婉转的船歌，欢声笑语充斥在莲塘的上空，沉睡的鸳鸯也为之惊醒。当太阳走到了天的西边，她们又竞相折下荷叶，用它来遮挡晚照。其实遮挡晚照是假，看谁在柔美霞光的衬托下最为美丽才是真。

诉衷情

顾夐

永夜抛人何处去①？绝来音。香阁掩，眉敛，月将沉。争忍不相寻②？怨孤衾③。换我心，为你心，始知相忆深。

【注释】

①永夜：长夜。②争忍：怎忍。③衾：被子。

【赏析】

长夜漫漫，心上人丢下自己，音信全无，不知所踪。女子虚掩房门，半皱柳眉，静坐良久，直到月儿将沉。不眠是因为相思，她又因相思而生怨，怨枕只被单，怨自己无法不想他。她说：将我的心换成了你的心，你就会知道我对你的依恋是多么深挚了！

浣溪沙

孙光宪

蓼岸风多橘柚香，江边一望楚天长。片帆烟际闪孤光。目送征鸿飞杳杳①，思随流水去茫茫。兰红波碧忆潇湘。

【注释】

①征鸿：远飞的大雁。

【赏析】

词写送别。凉秋季节，作者于长满蓼花的江岸目送友人的小船渐行渐远，心中有说不出的伤感和眷恋。那片孤帆在日光下闪闪烁烁，若隐若现，最后消失在楚天辽远的天际。此时伴随在作者身边的，只剩下阵阵冷风，还有弥散在风中的橘柚的清香。

朋友之去，宛如大雁远飞，而作者的思绪也随着载送朋友行舟的流水茫茫远去。他希望友人能记住这里盛开的红兰，澄碧的江水，记住美丽的潇湘，记住生活在潇湘的自己。

谒金门

冯延巳

风乍起①，吹皱一池春水。闲引鸳鸯香径里，手挼红杏蕊②。斗鸭阑干独倚，碧玉搔头斜坠③。终日望君君不至，举头闻鹊喜④。

【注释】

①乍：忽然。②挼（ruó）：揉搓。③碧玉搔头：即碧玉发簪。④闻鹊喜：古人认为闻鹊声意味着有喜

事来临。

【赏析】

忽然到来的一阵和风，不但吹得一池春水波光粼粼，更让一位思妇的心中荡起了波澜。春光正好，她时而于花径之上闲引鸳鸯，时而百无聊赖地揉搓红杏花蕊，时而闲倚着栏杆看鸭儿争斗，出神得连碧玉发簪斜坠到鬓边也没有意识到。是鸭儿争斗使女子聚精会神地观赏而忘了自己吗？——是孤独的愁思让她走了神，她正为『终日望君君不至』而愁苦和恹恹着。

深锁的庭院，隔绝了尘世，却将思念之情浓缩。当几声喜鹊的喧闹传入女子耳中，她抬起头来，满脸是对郎君归来的喜讯的渴盼。

鹊踏枝

冯延巳

谁道闲情抛掷久？每到春来，惆怅还依旧。日日花前常病酒[1]，不辞镜里朱颜瘦。河畔青芜堤上柳[2]，为问新愁，何事年年有？独立小桥风满袖，平林新月人归后。

【注释】

①病酒：因常醉酒而病。②芜（wú）：小草。

【赏析】

谁说闲情抛弃了很久，作者说，每到春来，他还是惆怅依旧。作者的闲情缘于惜春，他面对鲜花而心忧明媚春光转瞬即逝，所以日日病酒遣怀，不辞镜里容颜日渐消瘦。

漫步在堤岸，看到河畔草青青，堤上柳依依，作者问起为何新愁如青草、绿柳一样春来即长，年年不尽。他独立小桥，任凉风鼓荡衣袖，直到新月从平齐的树林间升起，直到行人尽归，月明林静。

清平乐

冯延巳

雨晴烟晚，绿水新池满。双燕飞来垂柳院，小阁画帘高卷。黄昏独倚朱阑[1]，西南新月眉弯。砌下落花风起，罗衣特地春寒[2]。

【注释】

①朱阑：红色栏杆。②特地：特别，异常。

【赏析】

雨过天晴，暮烟渐浓，雨后的一池绿水更加新鲜饱满。一对燕子比翼飞来栽种着垂柳的庭院，庭院里的闺阁画帘高卷。女主人公独倚窗前的红色栏杆，由黄昏坐到西南天空升起眉弯新月，坐到楼下石阶刮起落花夜风，身着罗衣的她，但觉今夜春寒让人格外难耐。

长命女

冯延巳

春日宴，绿酒一杯歌一遍[1]，再拜陈三愿[2]：一愿郎君千岁，二愿妾身常健，三愿如同梁上燕，岁岁长相见。

【注释】

①绿酒：新酿的米酒。未经过滤的新酒，上面浮有绿色的泡沫，故称。②陈：陈述。

【赏析】

此词以一个女子的口吻说出了她的三个心愿：一愿郎君长寿，二愿自己永远健康，三愿两人如同梁上燕，每年都能有相见的时候。值得玩味的是，『如同梁上燕』的祝愿透露出了女子的身份。因为燕子是候鸟，并不是一年四季都在同一个屋檐下住着，所以曲中的这对恋人并非是长相厮守的正式夫妻，女子也应是歌妓一类的身份，但这并不成为男女间深深情意的梗碍。

浣溪沙

李璟

手卷珠帘上玉钩，依前春恨锁重楼。风里落花谁是主？思悠悠。青鸟不传云外信，丁香空结雨中愁。回首绿波春色暮，接天流。

【赏析】

轻卷珠帘，闲挂玉钩，年年依旧的春恨笼罩着重重阁楼；风起花落，落花有谁为之做主，词人思绪悠悠，总盼青鸟能带来云外的慰抚，但唯有雨中的结子丁香，伴他一同凝愁。情深无奈，词人怅然回望，充然在目的是将尽的春色，还有一波绿水流向暮色苍茫的天边，便似他弥漫于无际的脉脉忧愁。

乌夜啼

李煜

昨夜风兼雨，帘帏飒飒秋声。烛残漏断频欹枕[1]，起坐不能平。世事漫随流水，算来一梦浮生。醉乡路稳宜频到，此外不堪行。

【注释】

①漏：漏壶，古代滴水计时的仪器。欹：通『倚』。

【赏析】

昨夜风和雨，帘帏间沙沙作响的，是凄凉萧瑟的秋声。蜡烛已残，滴漏已断，夜已经很深的时候，词人还是辗转反侧，频频拽枕斜靠，甚至起得床来，始终是难以为眠。不眠是因为回忆侵上心头，那空随流水的往事前情，恍若一梦的命运变幻让词人不堪回首，清醒面对现实的痛苦让他不断前往醉乡寻求解脱。

用酒麻醉，似乎是最好的办法，深夜醒而不眠的词人，伤叹『此外不堪行』。

虞美人

李煜

春花秋月何时了，往事知多少？小楼昨夜又东风，故国不堪回首月明中。

雕栏玉砌应犹在[1]，只是朱颜改。问君能有几多愁？恰似一江春水向东流。

【注释】

①砌：台阶。

【赏析】

春花秋月本是世间美好的景物，然而李后主却发出了『何时了』的感慨，因为春花秋月会引他想起那风流旖旎的过往。只是时移世变，如今身为臣虏，过往因而变得那样的不堪回首。欲思不忍，不思却不能，后主想到了故国的宫殿，想着那雕花的栏杆，白玉的台阶应还在，不禁叹息红润的容颜却已更改。他自问心中到底有多少忧愁，怅然自答：『那便似一江春水向东流。』

相见欢

李煜

无言独上西楼，月如钩。寂寞梧桐深院锁清秋。

剪不断，理还乱，是离愁。别是一般滋味在心头。

【赏析】

全词明白如话，却蕴含着无限的愁苦情绪，字里行间都能感受到作者深深的落寞与惆怅。他清楚地知道，所有的这些痛苦，都起因于他心中缱绻不去的阵阵『离愁』。这离愁，是告别故国时说不尽的悲痛与悔恨；这离愁，是面对宫人相送时满面的泪水和愧疚；这离愁，是沦为臣虏后对往事的欲思不忍、罢思不能；这离愁，像千万条没有头没有尾的丝织成的网笼罩在心头，剪不断，理还乱，正所谓『别是一般滋味』，让作者无从解脱，苦不堪言。

长相思

李煜

一重山，两重山，山远天高烟水寒。相思枫叶丹。

菊花开，菊花残，寒雁高飞人未还。一帘风月闲①。

【注释】

①风月：指男女情爱。

【赏析】

词写闺情。女子的丈夫去了北国，久久未归，这让深闺中的她惆怅不已。如今又到秋天，她日日远眺，希望能在这万物思归的季节盼回丈夫；然而，充满她视野的只有寥廓的天际，重重的山峦和浩渺的烟水。这些都是她与丈夫之间的阻隔啊，并且随着秋凉的到来显得格外的冰冷和寒气袭人，她与之抗衡的，只有那如红枫般已经烧得热烈的相思之心。

寒暑交替，花开花残，青春在空自守候中慢慢流逝，她如何能对他毫无怨言？那高飞的大雁北往南迁尚且有个时日，而他的归来却是遥遥无期，他是否忘记了家中还有娇妻？闺中之苦，苦在思念，苦在一帘柔情爱意无从给予他。

浪淘沙

李煜

帘外雨潺潺①，春意阑珊②，罗衾不耐五更寒。梦里不知身是客，一晌贪欢③。独自莫凭栏，无限江山。别时容易见时难。流水落花春去也，天上人间。

【注释】①潺（chán）潺：雨水声。②阑珊：残，将尽。③一晌（shǎng）：片刻，一会儿。

【赏析】帘外雨声潺潺，听雨声便可晓得，春天将过。

五更梦断，是因为罗被难以抵挡破晓前的寒气，作者因寒冷而醒，醒来回想梦境，深叹梦中可以忘掉现实的残酷，享受须臾的欢乐。

他继而警醒自己：独自不要凭栏怀远吧，那南国的无限江山是别时容易见时难。悠悠过往真如水流花落春去，离开故土以后，人生从此由天上而人间。

清平乐

李煜

别来春半，触目愁肠断。砌下落梅如雪乱，拂了一身还满。雁来音信无凭，路遥归梦难成。离恨恰如春草，更行更远还生。

【赏析】从弟弟入宋到现在，春已过半，看到春光仍在一点一滴地流逝着，作者愁情无限。

伫立在台阶上，阶下落梅似雪般纷乱，花瓣沾衣，拂去一身片刻便又落满。

有雁飞过，但不曾带来远人的片纸音讯，山长水阔，远路使梦中也难觅归影。

作者离恨满怀，他将之比为春草，无处不在，无限地蔓延，滋生。

捣练子令

李煜

深院静，小庭空，断续寒砧断续风①。无奈夜长人不寐，数声和月到帘栊②。

【注释】

①寒砧：指深秋夜晚传来的捣衣之声。砧（zhēn）：捣衣石。②帘栊（lóng）：挂有帘子的窗户。栊：窗框。

【赏析】

秋天的深夜，空静的庭院，断断续续的秋风吹送着断断续续的捣衣声。长夜漫漫，人儿辗转难眠，无奈那捣衣声，和着秋风，伴着月明，偏偏又来到了他的窗户上。

破阵子

李煜

四十年来家国①，三千里地山河。凤阁龙楼连霄汉，玉树琼枝作烟萝。几曾识干戈②？一旦归为臣虏，沈腰潘鬓消磨③。最是仓皇辞庙日④，教坊犹奏别离歌⑤。垂泪对宫娥。

【注释】

①四十年句：南唐始祖建国到最后为宋所灭，历三朝共三十八年。②干戈：指战争。③沈腰：《南史·沈约传》记载，沈约怀才不遇，曾写信给好友说自己因病消瘦，以至于要收束腰带。后人因以形容人憔悴消瘦。潘鬓：晋潘岳《秋兴赋》序中云：『余春秋三十有二，始见二毛。』后人因以形容人的鬓发斑白。④辞庙：辞别宗庙。指离开南唐祖业，被押赴宋廷。⑤教坊：古时宫廷中管理音乐的官署。

【赏析】

以阶下囚的身份对亡国往事作痛定思痛之想，自然不胜感慨系之。四十年来家国基业，三千里地的秀美河山，耸入云霄的凤阁龙楼，玉树琼枝般的奇花佳木，看惯了歌舞升平的后主何曾识得干戈。只是一朝成为臣虏，他的精神与肉体都倍感折磨。最让他失魂落魄的记忆是那辞别宗庙北上的日子，旧臣都已风流云散，只剩教坊之人仍前来为他奏起别离悲歌，后主千言万语终作无声泪水，他垂泪对宫娥。

临江仙

徐昌图

饮散离亭西去，浮生常恨飘蓬①。回头烟柳渐重重。淡云孤雁远，寒日暮天红。今夜画船何处？潮平淮月朦胧。酒醒人静奈愁浓②。残灯孤枕梦，轻浪五更风。

【注释】

①飘蓬：飘飞的蓬草，古人常以飘蓬比喻人的漂泊不定。②奈：怎奈，奈何。

【赏析】

饯别宴散，离亭西去，作者踏上了另一段征程。他怨恨这飞絮飘蓬般四处流落的生活，但行舟一发，岸边烟柳便无可避免地模糊起来，举目所见：淡云孤雁远，寒日暮天红。

自问今夜泊船何处，推想中应在那月光朦胧、潮平浪轻的淮河岸边。作者暗自思忖：那该是一个怎样的夜晚？在人皆睡去的静谧里，在酒的麻醉作用退去之后，在只有残灯与孤枕相伴的深更，哪怕徐风轻浪，自己也会因之而从梦里惊醒，继而陷入长长的忧愁与乡思当中。

菩萨蛮

敦煌曲子词

枕前发尽千般愿：要休且待青山烂[1]。水面上秤锤浮，直待黄河彻底枯。白日参辰现[2]，北斗回南面。休即未能休，且待三更见日头[3]。

【注释】

①休：休弃。②参（shēn）辰：皆为星宿名。参星在西，辰星（即商星）在东，此消彼现，永不相见。③三更见日头：意谓半夜三更看见太阳。

【赏析】

全词从爱情的巅峰一泻而下。爱极深而惧变，于是她在枕前反复立誓发愿：和我分手须等到青山烂，黄河彻底枯，水面上浮秤锤，大白天看到参星、辰星一起出现，北斗星跑到了南天。如此还嫌不够，女子继而又追加道：即使这些事情全部实现也还不能分手，你须半夜三更看到太阳！

鹊踏枝

敦煌曲子词

叵耐灵鹊多谩语[1]，送喜何曾有凭据？几度飞来活捉取，锁上金笼休共语。比拟好心来送喜[2]，谁知锁我在金笼里。欲他征夫早归来，腾身却放我向青云里。

【注释】

①叵（pǒ）耐：不可忍耐。灵鹊：古人认为鹊能报喜，故称『灵鹊』。谩（màn）语：不实之语。②比拟：原来准备。

【赏析】

此词通过人与鹊的对话来传达闺情。上阕是少妇语，她在责怪喜鹊：我真是再也受不了你的虚言妄语了，你每每来送喜，可是何曾灵验过？我如今将你逮住锁在笼里，你且安安静静地反省一下吧！下阕是喜鹊语，它满腹委屈地说：我来送喜是好心啊，可你却把我锁在了笼子里。继而又满含期待地叨念：让她的丈夫早些归来吧，我想，到那时候，他一定会打开笼门，腾身将我放飞向青云里。

浣溪沙

敦煌曲子词

五两竿头风欲平①，张帆举棹觉船轻。柔橹不施停却棹②，是船行。满眼风光多闪烁，看山恰似走来迎。子细看山山不动③，是船行。

【注释】

①五两：古人测风力、风向，以鸡毛五两系于竿头，视鸡毛为风动之状貌来判断风势。②橹：比桨长大的划船工具，安在船尾或船旁。③子细：仔细。

【赏析】

竿头五两已然被风吹得平直了，足见风势之大，在这样的风势之下张帆举棹，船儿的轻快是可以想见的。不用摇橹，停住长棹，让船自在地顺风而行，满眼的风光明灭隐约，令人心旷神怡；前方青山越来越近，好似走上前来热情相迎。但仔细看山山不动，船上人方才从错觉中醒识到：是船在行。

望江南

敦煌曲子词

天上月，遥望似一团银。夜久更阑风渐紧①，与奴吹散月边云。照见负心人。

【注释】

①更阑：谓长夜将尽。

【赏析】

明月当空，夜阑人静，女子整夜辗转难眠。她希望这渐紧的夜风吹散月边浮云，让月光照见负心人。

北宋词

点绛唇

王禹偁

雨恨云愁，江南依旧称佳丽①。水村渔市，一缕孤烟细。天际征鸿，遥认行如缀②。平生事，此时凝睇③，谁会凭阑意④。

【注释】

①江南句：意谓江南风光即使在阴雨天气也一样美丽。②行（háng）如缀：谓雁阵行列整齐。③凝睇（dì）：凝望。④凭阑：倚着栏杆。

【赏析】

即使是细雨浓云天气，江南的风景也依旧秀丽。水村渔市坐落的地方，一缕炊烟袅袅，恬静祥和。天边雁阵飞过，行列整齐，遥看宛若连缀在一起。作者感怀平生伤心事，叹息无人懂得自己凭栏怅望的心意。

酒泉子

潘阆

长忆观潮①，满郭人争江上望②。来疑沧海尽成空，万面鼓声中。弄潮儿向涛头立③，手把红旗旗不湿。别来几向梦中看，梦觉尚心寒。

【注释】

①观潮：指观每年中秋前后的钱塘潮。古人在钱塘潮来临之日要举行隆重的观潮盛典，人们会倾城而

出，争相到江堤上观望。②郭：城。③弄潮儿：戏潮的健儿。

【赏析】

经常回忆起观看钱塘潮的情景：人们倾城而出，争相到江堤上观望。当钱塘潮汹涌而来的时候，好像大海的水全被倾泻到了钱塘江中；潮声轰鸣，犹如千万面战鼓齐响。弄潮健儿们手举红旗，迎潮而立，靠着娴熟的技艺踏浪而行，与巨浪狂涛共舞。这一幕幕动人心魄，紧张惊险的场面让作者难以忘怀，所以虽然离开了杭州，还时而梦到。而每次梦醒时，他还总是心有余悸，手脚冰凉。

长相思

林逋

吴山青，越山青，两岸青山相送迎。谁知离别情？君泪盈，妾泪盈，罗带同心结未成①。江头潮已平。

【注释】

①罗带句：古时女子常将罗带打成心形的结，送给自己的爱人以示永不分离之愿，此句是说同心结未打成，爱人就要离去了。

【赏析】

处在钱塘江两岸的吴山、越山，自古以来便见惯了人间的迎来送往；山色青翠，不曾因为人间的儿女情长而动容。然而在此分别的人们，常常是怀着缠绵悱恻的心情，忍受着肝肠寸断的痛楚，这滋味，从词中女子『谁知别离情』的反问中不难体会。

分别的时刻，他泪眼盈盈，她也泪眼盈盈，两人虽然情投意合，但却避免不了这一场分别。当潮水涨到和堤岸齐平，他终于要乘船远去，在这『江头潮已平』的结语中，蕴含的是难言的不舍与伤情。

踏莎行·春暮

寇准

春色将阑①，莺声渐老，红英落尽春梅小。画堂人静雨蒙蒙，屏山半掩余香袅②。密约沉沉③，离情杳杳，菱花尘满慵将照④。倚楼无语欲销魂⑤，长空黯淡连芳草。

【注释】

①将阑：将尽。②屏山：画有山水的屏风。③密约：指离人曾经许下的誓愿。④菱花：梳妆镜。⑤销魂：形容人极度感伤，如魂魄离体。

【赏析】

春色将尽，初夏就要来到，莺声已不如往日那般清脆动听，花儿落尽后，青梅初露，又嫩又小。深院画堂中，悄无人声，屋外下着蒙蒙细雨，屋内山水屏风半掩，香料燃尽，余烟袅袅。与情人定下的密约如今已然沉寂无音，离愁别恨深远无尽，故而词中人任灰尘落满菱花镜，也懒将它拾起，对镜妆照。她独自倚楼眺望，静默无语，柔肠百结，在她眺望的视野中，长空黯淡，天连芳草。

苏幕遮·怀旧

范仲淹

碧云天，黄叶地，秋色连波，波上寒烟翠。山映斜阳天接水，芳草无情，更在斜阳外。

黯乡魂，追旅思，夜夜除非，好梦留人睡。明月楼高休独倚。酒入愁肠，化作相思泪。

【赏析】

这是词人秋日旅途思乡之作。词以绚丽多彩的笔墨描绘了碧云、黄叶、翠烟、斜阳、水天相接的江野的辽阔苍茫景色，词人触景伤怀，抒写夜不能寐、高楼独倚、借酒浇愁、怀念家园故里的深情。

上片着重写景，词以『碧云天，黄叶地』开篇，展开一幅天高气爽、黄叶满地的苍莽秋景图。『秋色连波，波上寒烟翠』写在广袤无垠的天地中浓郁的秋色和绵邈秋波：萧瑟秋色与江中水波的相连，苍翠的寒烟迷漫在江波之上。这秋日特有的景象，渲染出悲秋的情绪。『山映斜阳天接水』一抹斜阳映照群山，天连着水，接下来两句由眼中实景转为意中虚景：凄凄连绵的『无情芳草』蔓延无边。此情此景，怎能不惹人伤感？

下片抒情，『黯乡魂，追旅思』是相思愁苦的原因所在，只因词人离乡背井，故『夜夜除非，好梦留人睡』，除非是夜夜都做好梦，在好梦中才能得片刻安睡。此处词人运用反衬的手法，意为除去酣梦，日日为相思所困扰。『明月高楼』不敢登，劝告自己『休独倚』，怕登楼远眺，勾起思念。明月圆圆，反衬孤独与怅惘，他只有频频地将苦酒灌入愁肠，但却杯杯都『化作相思泪』，怀乡之情和羁旅之思萦绕心头，挥之不去。

此词的意境开阔，气势宏大，但又柔情似水，细腻感人，而又不失沉雄清刚之气，不愧为宋词中的名篇。

渔家傲·秋思

范仲淹

塞下秋来风景异，衡阳雁去无留意①。四面边声连角起②。千嶂里③，长烟落日孤城闭。
浊酒一杯家万里，燕然未勒归无计④。羌管悠悠霜满地。人不寐，将军白发征夫泪。

【注释】

①衡阳雁去：古人认为大雁南飞至衡阳而止。②边声：边境上的马嘶、风号等声音。角：军中号角。③嶂：形容高险如屏障的山峦。④燕然未勒：意谓外患未平。燕然：东汉窦宪大破北匈奴后，曾登燕然山（蒙古杭爱山）刻石纪功。勒：刻。

【赏析】

这首词作于宋仁宗康定元年（1040年）至庆历三年（1043年）间，当时词人正在西北边塞的军中任职。词的上半部分着重写景，景中有情。上片写塞北风光，词人通过『风景异』『衡阳雁去』『四面边声』『千嶂』『长烟落日』以及『孤城』等一系列意象的连缀勾勒出一幅当地独有的戍边图。塞北秋寒，荒芜萧索，边声连角，雁到不息，可见此地的条件是何等艰苦。词的下半部分着重抒情，沉重的乡愁，付与一杯浊酒；满腔的离恨，化作羌音悠悠。夜深人静的时候，呜咽的羌音、满地的寒霜让人心生凄凉和哀愁。主人公不能入眠，想到这些将士的心理：既想固守边塞，杀敌报国，又受乡情萦绕，挥之不去。此处暗含着词人对统治者治国政策的质疑，同时也流露出渴望保家卫国、战场杀敌的爱国豪情。

凤栖梧

柳永

伫倚危楼风细细①，望极春愁，黯黯生天际。草色烟光残照里，无言谁会凭阑意②。

拟把疏狂图一醉③，对酒当歌，强乐还无味。衣带渐宽终不悔，为伊消得人憔悴④。

【注释】

①伫（zhù）：久站。危楼：高楼。②会：理解。③拟：想要。④伊：她。

【赏析】

在高楼上凭栏久立、凝望远方的时候，和风一直在轻轻吹拂；恍惚中，春愁从天边涌起，然后蔓延开来。夕阳残照里，草色暮色一派迷茫，静默之中，词人轻叹无人能理解自己凭栏凝伫的心意。会想到放浪狂荡地以醉消愁，但真正对酒当歌时，深深感到的是勉强作乐的索然无味；眼看衣带渐宽，人渐憔悴，但既是为她而这样，心中是始终如一的无怨无悔。

定风波

柳永

自春来、惨绿愁红，芳心是事可可。日上花梢，莺穿柳带，犹压香衾卧①。暖酥消，腻云亸②，终日厌厌倦梳裹③。无那④，恨薄情一去，音书无个。

早知恁么⑤，悔当初、不把雕鞍锁。向鸡窗⑥，只与蛮笺象管⑦，拘束教吟课。镇相随⑧，莫抛躲，针线闲拈伴伊坐⑨。和我，免使年少，光阴虚过。

【注释】

①衾（qīn）：被子。②亸（duǒ）：垂下。③厌厌：没精打采的样子。④无那：无奈。⑤恁（nèn）么：如此。⑥鸡窗：书房的窗子。⑦蛮笺（jiān）：纸。象管：象牙笔管的笔。⑧镇：整日。⑨伊：他。

【赏析】

本篇为写闺怨的名作，词人以代言体的形式写出歌妓内心的痛苦，字里行间充满词人的怜惜之情。

上片以景衬情，描写了歌妓的外表，借明媚的春光反衬出女子的愁苦和心烦意乱。开篇即写春来：『自春来、惨绿愁红，芳心是事可可。』春天以来，他就一直杳无音讯；桃红柳绿，都是伤心触目的颜色，一颗芳心无处能安放。太阳已升上树梢，黄莺也已在柳条间鸣啼穿梭，可她却只管懒压绣被、不愿起床，更不愿梳妆打扮，只是愤愤然地喃喃自语：『恨薄情一去，音书无个。』下片侧重心理描写，词人以歌妓的口气直抒胸臆，表现了女子的生活理想和愿望，贴切而细腻。

全词语言通俗，未加雕琢，词人以民间词常用的代言体写法细致入微地刻画出人物的生活情态与心理活动，任情放露，体现出柳词的风格，为柳永俚词的代表作之一。

雨霖铃

柳永

寒蝉凄切。对长亭晚，骤雨初歇。都门帐饮无绪①，留恋处，兰舟催发。执手相看泪眼，竟无语凝噎②。念去去，千里烟波，暮霭沉沉楚天阔。

多情自古伤离别，更那堪，冷落清秋节！今宵酒醒何处？杨柳岸，晓风残月。此去经年③，应是良辰好景虚设。便纵有，千种风情，更与何人说？

【注释】

①都门帐饮：意谓于京城郊外搭帐设宴饯别。②凝噎（yē）：形容喉咙里像塞了东西，说不出话来。③经年：年复一年。

【赏析】

这首词作为柳永同时也是宋朝婉约词派的代表作，真切再现了情人别离时恋恋不舍、缠绵哀怨的情景，至今仍被人们反复咏唱。

上片细腻地刻画了情人诀别的场景，抒发离情别绪。一开篇，词人便用『寒蝉凄切。对长亭晚，骤雨初歇』三句点明了送别时的环境：凄清阴冷的深秋，雨后黄昏，京城外的长亭边。夜幕苍茫，大雨初停，晚蝉哀鸣，凡所见闻，处处悲凉。『都门』以下五句，顿挫有致，回环往复，把读者的同情之心都勾动起来，与词人同悲伤、同啜泣。此刻烦乱的心绪，只能用『剪不断，理还乱』来描摹了。面对即将到来的别离，珍馐美食也失去了滋味，可见两人感情之深。然而，两人正难舍难分，却无奈『兰舟催发』。此句将词人不忍离去、恋恋不舍，却又不能不离去的无奈和现实的不解人意、残酷无情表达了出来，言简而意丰。『执手』二句又进一步描摹当时的痛苦。两人手牵手，久久相望，千言万语，已经不知该从何说起。『念去去』三句，则似奔腾的江流一泻千里一样，直抒胸臆，爽快干脆。『念』字作领，设想别后道路多么遥远。『去去』二字用得极妙，远行之人不愿走，却不得不走，想想到时越走越远，眼前只剩『千里烟波，暮霭沉沉楚天阔』的情景，就让人感到无比凄楚。虽然从表面上看，浩渺的烟波、沉沉的暮霭、辽阔的天空，都是在写景，但实际上，这些景物无不包含着浓浓的愁绪，暗示远行之人前途渺茫，一对恋人相见遥遥无期。

通过这两句的承接，很自然便由上片的实写转到下片的虚写。

下片中，词人着重摹写想象中别后的凄楚情状。一开头，词人并没有着急设想别后的情景，而是宕开一笔，说『多情自古伤离别』，通过『自古』二字，把目前自己的个别情况提升为一个广泛现象。而『更那堪，冷落清秋节』，又从普遍现象回归到自己的个别情况，强调自己与别人相比，承受了更多的痛苦。江淹的《别赋》中有『黯然销魂者唯别而已矣』之句，而本词词人正是把这种感受糅进自己的作品中，并为之赋予新意，使这种别情更『黯然销魂』。『今宵』三句接着前面的设想，进一步想象别后的孤独凄凉。远行之人独自饮酒、醉酒，酒醒后看到了『杨柳』『残月』，感受到了『晓风』。而这几处『景』却个个都表达了词人的『情』，即所谓的『用景写情』，『景语即情语』。明写杨柳依依，实则通过『柳』与『留』之谐音，暗写别时依依不舍之情；明写『晓风』，实则通过写其清冷萧索，暗写别后的孤独寒心；明写『残月』，实则通过写其破碎，暗写与恋人难以相见。通过景语写情，词作显得更加含蓄，别后之人孤独、忧伤、惆怅的心绪，也被表现得更加形象、真实，从而产生了一种独特的意境。正因如此，此句也成为千古传诵的名句。『此去』二句继续对别后的情况进行设想，想象自己孤身一人，纵使有良辰好景，对于自己来说也是形同虚设。心中的痛苦又被加深了。最后两句顺着上面的设想继续深入，感叹就算有万种风情，也由于后会无期而不知向谁诉说，从而把离情艺术地推向高潮。

这首词遣词造句不着一丝痕迹，绘景直白自然，场面栩栩如生，起承转合优雅从容，情景交融，蕴藉深沉；笔下的各种景物莫不含情，把一腔离愁铺满天地古今，而又不失于做作。若此者，柳屯田之外，词坛又有几人！

迷仙引

柳永

才过笄年①，初绾云鬟②，便学歌舞。席上尊前，王孙随分相许。算等闲、酬一笑，便千金慵觑。常只恐、容易蕣华偷换③，光阴虚度。

已受君恩顾，好与花为主。万里丹霄，何妨携手同归去？永弃却、烟花伴侣。免教人见妾，朝云暮雨。

【注释】

①笄年：古代特指女子十五岁，到了可以盘发插笄的年龄，即成年。笄（jī）：古代盘头发或别住帽子用的簪子。②鬟（huán）：妇女的梳成环形的发卷。③蕣（shùn）华：短暂的年华。

【赏析】

才过及笄之年，她就模仿妇人的样子结起如云的发鬟，开始学唱习舞。酒席宴旁，面对王孙们的调戏弄，她只能随遇而安，曲意逢迎。但她说，如果有人能够对她报以哪怕是一个平平常常的理解的微笑，那么她连千金也会不屑一顾。她还总是担心如花年华轻易流逝，朝来暮去只是光阴虚度。如今得遇知己，这位妙龄歌妓满怀期望，她希望他能为自己做主，与自己携手同去万里云霄，永远地离开烟花之地，从此不用再周旋在生张熟魏之间，矫情应酬，朝云暮雨。

八声甘州①

柳永

对潇潇暮雨洒江天，一番洗清秋。渐霜风凄紧②，关河冷落③，残照当楼。是处红衰翠减，苒苒物华休④。惟有长江水，无语东流。

不忍登高临远，望故乡渺邈⑤，归思难收。叹年来踪迹⑥，何事苦淹留⑦？想佳人，妆楼颙望⑧，误几回、天际识归舟。争知我⑨、倚阑干处，正恁凝愁⑩！

【注释】

①八声甘州：《甘州》为唐教坊大曲，杂曲中也有《甘州子》，属边塞曲。《八声甘州》是从大曲《甘州》改制而成，由于整首词共八韵，故称《八声甘州》。②凄紧：秋风渐冷渐疾。③关河：泛指关塞河川。④苒苒：渐渐地。⑤渺邈：遥远。⑥年来：近年来。⑦淹留：久留。⑧颙（yóng）：举首凝望。⑨争知：怎知。⑩恁（nèn）：如此，这样。

【赏析】

本篇为词人的名篇，融写景抒情于一体，通过描写羁旅行役之苦，表达了强烈的思归情绪，语浅而情深。

上片写所望之景色，词人以如椽之笔描绘江野暮秋萧瑟寥廓、浑莽苍凉的景色：以『潇潇』暮雨、『凄紧』的霜风、江流展现了风雨疾骤的秋江雨景；以『冷落』的关河、夕阳『残照』描绘了骤雨冲洗后苍茫浩阔、清寂高远的江天景象，充满了萧瑟、肃杀的悲秋情调。『苒苒物华休』比喻青春时光的短暂，只剩下『无语东流』的长江水，暗示词人的惆怅和悲愁无处诉说。

下片写登高远眺的感想，抒写了思乡怀人欲归不得的愁苦。

『不忍登高』说明词人所处的位置，『不忍』二字点出曲折，增加了一番情致。接下来几句层层说明了缘何『不忍』，一是『望故乡渺邈』，因而『归思难收』；二是『叹年来踪迹』，深感游宦淹留；三是『想佳人』之思绪，此乃『不忍』之根源。『误几回、天际识归舟』，不知她会有多少回误认归舟？相思太苦。最后两句转到自己身上，『争知我、倚阑干处，正恁凝愁』，怎会知道我身倚栏杆苦苦思念满怀忧愁？

在词人多篇写羁旅行役的长调中，本篇是最富于意境的典范之作。词的写景层次清晰有序，抒情淋漓尽致，写尽了他乡游子的羁旅哀愁。全词语言通俗，将思乡怀人之意绪表达得明白如话，然感情真挚而强烈，跌宕起伏。词中『渐霜风』几句为千古登临名句，苏轼赞为『此语于诗句不减唐人高处』。

安公子

柳永

远岸收残雨，雨残稍觉江天暮。拾翠汀洲人寂静①，立双双鸥鹭。望几点，渔灯隐映蒹葭浦②。停画桡③，两两舟人语。道去程今夜，遥指前村烟树。

游宦成羁旅，短樯吟倚闲凝伫。万水千山迷远近，想乡关何处？自别后，风亭月榭孤欢聚④。刚断肠，惹得离情苦。听杜宇声声⑤，劝人不如归去。

【注释】

①拾翠句：意谓原本有少女采摘香草的汀洲，现在也是人去洲静。②蒹（jiān）葭（jiā）：芦苇。③桡（ráo）：船桨。④孤：辜负。⑤杜宇：杜鹃。古人言杜鹃啼声似『不如归去』。

【赏析】

词写作者乘舟泛游时面对春日暮景而产生的思乡情怀。残雨过到远岸才止，江天之间，暮色初呈。汀洲寂寂，静立鸥鹭双双；芦苇浦中，隐映着几点渔火。作者的小舟暂时停泊，船工遥指前方的村落，商量着今夜的行程。作者感慨在外做官，却不曾想到从此羁滞异乡难以回归，愁苦之中，他时而吟咏遣怀，时而出神伫立。

万水千山让故乡邈远难望，作者思念家乡，慨叹自从与亲友别后，错过了多少良辰美景，辜负了熟悉的月榭风亭。当此时，离愁别恨一齐涌上心头，却又逢杜鹃鸟『不如归去』的凄苦叫声传入耳畔……

鹤冲天

柳永

黄金榜上，偶失龙头望①。明代暂遗贤，如何向②？未遂风云便③，争不恣狂荡④？何须论得丧。才子词人，自是白衣卿相⑤。

烟花巷陌，依约丹青屏障。幸有意中人，堪寻访。且恁偎红倚翠⑥，风流事，平生畅。青春都一晌。忍把浮名，换了浅斟低唱。

【注释】

①龙头：状元。②如何向：怎么办。③风云便：风云际会，得到好的遭遇。④争：怎。恣：放纵。⑤白衣：没有官职。⑥恁：如此。

【赏析】

虽然是不幸落第，作者却没有自贬自责，他将这次失手视为圣明的朝代暂时遗落了贤才。没有能够乘时乘势施展抱负，作者索性顺遂自己的狂荡，不问得失，高唱『才子词人，自是没有授官的公卿大夫』；烟花巷陌，也可比那屏风上的高贵图画』。他还庆幸风尘女子中，有意中人可以寻访。

"就这样偎红倚翠吧，"他自语道，"风流快活的生活本是我平生所喜好，青春多么短暂，不如抛去浮名，浅斟酒杯，低宛歌唱。"

天仙子

张先

时为嘉禾（今浙江嘉兴）小倅（判官），以病眠不赴府会。

水调数声持酒听①，午醉醒来愁未醒。送春春去几时回？临晚镜，伤流景②，往事后期空记省③。

沙上并禽池上暝④，云破月来花弄影。重重帘幕密遮灯，风不定，人初静，明日落红应满径。

【注释】

①水调：曲调名，相传为隋炀帝所作。②流景：流逝的时光。③记省（xǐng）：思念和省悟。④并禽：双宿双飞的鸟儿。暝（míng）：昏暗。

【赏析】

此篇为暮春伤怀之作，是张先脍炙人口的名篇之一。词中描写词人醉酒浇愁，为春光流逝、往事成空、后会无期而感伤。

上片主要写词人的思想活动，颇具平淡之趣。前两句写词人原本想借听调喝酒排遣心中的愁闷，但结果却是"醉醒来愁未醒"，醉意虽然消除了，但心中的愁却没有减去一分。于是，词人不由得发出慨叹："送春春去几时回？"此句中有两个"春"字，然意思不尽相同，前一个"春"字指季节，即指大好春光；下一个"春"字指时光，"春去"既表达了词人对年华易逝的感伤之情，还蕴涵着对年少青春时光的追忆和惋惜之情。这就照应了下文的『往事后期空记省』。『临晚镜，伤流景』是反用杜牧诗句：『自悲临晓镜，谁与惜流年？』以『晚』易『晓』，主要在于写实。杜牧原诗是写女子早晨梳妆，感叹时光易逝，因而用的是『临晓镜』；而本词中将『晓』改为『晚』，是因为词人午醉之后，又休息半晌，此刻已接近黄昏，一直躺着却仍然不能消愁解忧，于是起来『临晚镜』。这个『晚』字用得极妙，可谓一语双关，既表明了天色已晚，又隐指自己已到晚年。『伤流景』三个字进一步补充，更加明确地表达出了词人对时光易逝、青春不再、人到晚年的感伤。『往事后期空记省』一句中的『后期』其实本为『悠悠』。而词人最终之所以选用了稍嫌朴拙的『后期』，而未采用看起来更加空灵、更加传神的『悠悠』，是因为相比而言，『后期』与前面提到的『愁』『伤』等词联系得更紧密些。『后期』一词，既暗含着往事已经如过眼云烟一样逝去，一去不复返，又流露出了因错失机缘而耽误期约的后悔之情。但是后悔也无济于事，只能『空记省』，以追忆往事。然而，即使回忆往事的一些美好片断，也并不能从中得到些许安慰，反而会平添更多的烦恼。正因如此，词人想到即便纵情于美酒和歌舞之中，也不能消除自己的愁闷，所以索性连盛大的宴会也干脆不去参加了。

下片写动态之景，极有空灵之美。由于没有去参加盛大的宴会，所以夜幕降临的时候，词人便独自到小园中散步，希望以此来排遣一整天都郁积在心中的苦闷。『沙上并禽池上暝』，词人在夜幕中看到了这样温馨的景色，遗憾的是，夜空中本来应该有月亮的，而此时的夜空中却只有浓云，毫无月色。词人只好带着遗憾准备回住处。没想到，正在这时，『云破月来花弄影』，一阵风吹开了浓云，露出了藏在云里的月亮。同时，花儿也被风吹动，在明亮的月光下婆娑弄影。看到此情此景，词人孤寂的心情才感到了一丝丝欣慰。通过此句，词人不仅表达了自己忧伤中略带欣慰的复杂心情，更让读者从中体会到了一丝喜悦，看到了一幅美景。接下来，词人写到『重重帘幕密遮灯』，因为外面有风，词人生怕大风将屋里的灯焰吹灭，于是进了屋后赶紧把帘幕拉起来，遮住灯焰。但是，风越来越大，帘幕已经不能很好地遮挡灯焰了，此时灯焰在不停地闪动。一句『人初静』，既表现出夜深人静之时，风势愈加迅猛的情境，又与上片提到的『不赴府会』相照应。『明日落红应满径』一句，是说刚刚还在月光中婆娑弄影的花朵，经过这一夜春风的摧残，一定会落红满径。其中既蕴涵着词人对春天逝去的感伤，又有对自己已经迟暮的叹惋，还有对自己赏春偶得佳景的欣喜。

本词字句凝练，体现了张词的艺术特色。尤其是词中『云破月来花弄影』一句，描绘出了一幅绝美的图画，实为神来之笔。

青门引·春思　张先

乍暖还轻冷①，风雨晚来方定。庭轩寂寞近清明，残花中酒②，又是去年病。楼头画角风吹醒，入夜重门静。那堪更被明月，隔墙送过秋千影。

【注释】

①乍暖：天气忽然转暖。②中酒：醉酒。

【赏析】

此词为一首春日感怀之作，抒写寂寞情怀。词描写和渲染风雨初停后暮春月夜的萧瑟凄清，表达词人孤凄无奈的感伤悲愁。

词的上片写词人对春日天气变化的感触和心理感受。『乍暖还轻冷，风雨晚来方定』写春天频繁的天气变化。『乍暖』二字写出天气是突然由寒变暖；『还』字一转，引出天气的又一次变化：风雨突袭，有点轻冷之感。词人敏锐的感触，不仅体现在对天气频繁变化的感觉上，更表现在对词语的运用上：天暖的感觉是『乍』，天冷的感觉是『轻』，风雨消停是『定』。词人的遣词是如此精确，暗含了微妙的个人感情。『庭轩寂寞近清明』点出此时已到清明，直言词人的感受是『寂寞』。『残花中酒』进一步点出『寂寞』的原因：春天已到迟暮之时，花朵凋零，词人由此联想到世事的沧桑，感叹一切美好的事物都会破灭。因此词人借酒消愁，谁料更加重了心头的愁闷；『又是去年病』点出全篇的主旨，去年如此，今年同样如此，表达了词人不尽的忧愁。

下片写词人酒醒后的寂寞和伤怀。『楼头画角风吹醒』，兼写视觉和听觉：凄厉的角声，轻冷的晚风把酣醉的人惊醒。『醒』字写出听到晚风吹过来的角声，酒醉之人不得不苏醒的那一刻的反应，也暗含了酒醉的程度很深，而被迫醒来又是多么痛苦不堪；『入夜重门静』，已是深夜，重重的院门显得更加宁静，词人的心情更加孤寂。词人以环境象征痛苦的心境。『那堪更被明月，隔墙送过秋千影』指出重重之门也阻隔不了内心的愁闷之感，溶溶月光居然隔墙送来少女荡秋千的倩影。『秋千影』透露出词人的所念所想，这样隐约朦胧的透露，更增加了词的情致和韵味。『那堪』二字，意在揭示词人因秋千影而触动的情怀，也深刻表现出词人抑郁的心绪。全词情景交融，含蓄婉转，意味隽永，充分体现了词艺术上的含蓄和韵味，表现了张先词的风格。

醉垂鞭

张先

双蝶绣罗裙，东池宴，初相见。朱粉不深匀，闲花淡淡春。
细看诸处好，人人道，柳腰身。昨日乱山昏，来时衣上云。

【赏析】

初次见到她，是在东池的酒宴上。她穿着绣有双飞蝴蝶的罗裙，淡搽脂粉，悠闲恬静，散发着天然的青春风韵。如果仔细地观察她的美好，人人都夸她婀娜如杨柳的腰身，昨日乱山昏暗，她飘然而来时衣上竟携带着丝丝白云。

浣溪沙

晏殊

一曲新词酒一杯，去年天气旧亭台。夕阳西下几时回？
无可奈何花落去，似曾相识燕归来。小园香径独徘徊。

【赏析】

本篇为暮春伤怀之作，是晏殊最为著名的词作之一。本词描写词人因傍晚饮酒听曲引起对往事的回忆，慨叹时光流逝物是人非，惋惜春光美景不能常驻。词中表露出对美好事物消逝的深深惆怅感伤，蕴涵了珍视人生的哲理。

词以『一曲新词酒一杯』开篇，写对酒听歌的境况，这潇洒安闲的状态不由得勾起『去年天气旧亭台』的回忆：去年是和今年一样的天气，还是这座『旧亭台』，一样的清歌美酒，但在这一切表象下，有些东西分明已不知不觉发生了变化。岁月悠悠流逝了，世事亦改变了，想到这些，词人不禁发出感叹：『夕阳西下几时回？』此句不仅仅是即景兴感，仅限眼前情景，还扩展到整个人生，包含对逝去时光的留恋，对美好事物难以重现的失望。夕阳西下，无法阻止，但却有再东升的时候，可流逝的时光、过去的人和事，却再也追寻不来了。词人哲理性的沉思，为本词罩上了哀伤的情调。

『无可奈何花落去，似曾相识燕归来』一联自然工丽，风韵天然，被誉为『奇偶』。这也是本词出名的原因。这一联蕴含的意境同样忧伤：花落春逝，同样是不可抗拒的自然规律，任凭怎样惋惜流连也『无可奈何』，承接上文的『夕阳西下』；但在这暮春季节中，同样还有让人欣慰的景象：那翩翩飞回的燕子不就是去年的相识吗？恰呼应上文的『几时回』。虽然花落、燕归都是眼前景，但『无可奈何』『似曾相识』却扩大了它们的内涵，使它们成为美好事物的象征。这些惋惜和欣慰交织在一起，说明某种人生哲理：虽有一些美好的事物必然会逝去并且我们无法阻止其消逝，但同时还有一些美好的事物仍会再现，生活不会变成虚无。只是那些重现不会原封不动地令美好的事物回归，不过『似曾相识』而已。『小园香径独徘徊』转回写景，词人以此结尾，含蓄而意味深长。

全词语言通俗晓畅，情中有思，笔调婉雅，语意蕴藉含蓄，耐人寻味，是宋词中脍炙人口、广为传诵的名篇。

清平乐　晏殊

红笺小字①，说尽平生意。鸿雁在云鱼在水②，惆怅此情难寄。

斜阳独倚西楼，遥山恰对帘钩。人面不知何处，绿波依旧东流。

【注释】

①红笺（jiān）：一种精美的小幅红色信纸。②鸿雁句：古人认为鱼雁都能传递书信。

【赏析】

本篇为念远怀人之词，抒写了词人对远方情人的思念之情，为晏殊千古传颂的名篇之一。词人以红笺细书情意、书成难寄无比惆怅、暮倚西楼独伫久望等情景描写，一波三折，抒写思念的深情和离别的愁绪，细腻雅致，写情之笔超绝。

词的上片抒写了词人对情人的一片深情。起句『红笺小字，说尽平生意』看似简单，实则包含了无数的情事和无限的情思，词人用精美的小幅红纸，密密匝匝地写满对心上人的爱慕之意，说尽平生。但却『惆怅此情难寄』，写成后的信无从传递，即使天上有鸿雁和水中有游鱼都无法帮忙。此处词人化用古人『雁足传书』和『鱼传尺素』的说法，浓缩在一句『鸿雁在云鱼在水』中，用典却出新，说明无法驱遣它们送信传书，比李玉『断鸿难倩』等化用典故更见风致。

下片着重渲染主人公的孤独寂寞，点明相思之意。由『斜阳独倚西楼，遥山恰对帘钩』过渡到写景，红日偏西，斜晖照在登楼远望的孤影，景象凄清，远处的山正对着窗户，词人寥寥数语即营造出一个充满离愁别恨的意境。『远山』句以景抒情，象征了两情相对而遥相阻隔，惆怅难言。而词人原本想倚楼远眺排遣相思，谁料愁思更为浓重。末两句『人面不知何处，绿波依旧东流』化用崔护『人面不知何处去，桃花依旧笑春风』诗意，点出相思之情：那奔流向东的绿水，也许映照过如花的人面，而如今流水依然东流，但却不知人面在何处，只剩下相思之情，随着流水悠悠东去了。浓浓的相思此时化开，词人心中蕴藏的情感也由此婉曲细腻地表现出来，令人感动。

全词情景交融，语淡而情深，风格典雅细腻，情调隽永含蓄，是最能代表晏殊婉约词风的词作之一。

山亭柳·赠歌者

晏殊

家住西秦，赌博艺随身。花柳上，斗尖新①。偶学念奴声调②，有时高遏行云。蜀锦缠头无数③，不负辛勤。

数年来往咸京道，残杯冷炙漫销魂。衷肠事，托何人？若有知音见采，不辞遍唱阳春④。一曲当筵落泪，重掩罗巾。

【注释】

①花柳二句：意谓在描写男女情爱的歌词上别出心裁，花样翻新。②念奴：指擅歌的名妓。③缠头：演出完毕客人赠艺人的锦帛。④阳春：战国时代楚国的一种高雅乐曲，熟知者甚少。

【赏析】

这首词以叙事的笔法，记述了一个歌女在声色生涯上由盛转衰的感慨和悲哀，表达出了作者对她的遭遇的同情。这位歌女家住西秦，开始只是靠小小的随身技艺维持生活，后来通过辛勤学艺，在吟词唱曲上苦下功夫，最终脱颖而出，受到看客们的青睐。

但随着年长色衰，近几年来，她不得不风尘仆仆地往来于咸京道路献技糊口，处处受到冷遇，所挣得的不过是一些剩酒冷饭。女子满腹心事不知该讲与何人，她说如果有人能够理解和赏识她，她不辞为之奉献出自己最擅长的才艺。

她遇到了作者，一个愿意听她讲述身世的人。当无数心事化作一曲悲歌唱出时，她终于不能自持，潸然落泪。

蝶恋花

晏殊

槛菊愁烟兰泣露①，罗幕轻寒②，燕子双飞去。明月不谙离恨苦③，斜光到晓穿朱户。

昨夜西风凋碧树，独上高楼，望尽天涯路。欲寄彩笺兼尺素④，山长水阔知何处。

【注释】

①槛菊：栏杆旁的菊花。②罗幕：丝罗做的帷幕，此指屋内。③谙：知晓。④彩笺兼尺素：指书信、题诗。

【赏析】

此词为一首伤离怀远之作，词人以疏淡的笔墨、温婉的格调、谨严的章法，传达出暮秋怀人之情。

上片描写的是苑中景物，是词人清晨所见。『槛菊愁烟兰泣露』写秋晨的菊花和兰花，在词人看来，菊花笼罩着一层愁惨的烟雾，兰花上的露珠好像是它饮泣的泪珠，这一亦真亦幻的场景，透露出词人悲凉、迷离而又孤寂的心境。『罗幕轻寒，燕子双飞去』写清晨燕子穿过帘幕飞出去的情景，表面上写燕子因罗幕轻寒而飞走，实则是词人感情的写照。接下来两句借明月烘托愁苦，词人责怪『明月不谙离恨苦』，其实是嫉妒月光的皎洁，反衬出自己的悲凉。

下片写登楼望远，“昨夜西风凋碧树”写西风之凛冽，吹落绿叶，为固有的凄楚气氛平添出几分落寞与萧瑟；“独上高楼”明写孤独，而“望尽”极言眺望之远，也反映出其凝神已久，但“望尽天涯路”，仍看不见所思念之人；“欲寄彩笺兼尺素”写词人想寄书传情，但却不知邮寄何处，词人以无可奈何的问句结尾，言犹未尽，让人顿生情也悠悠、恨也悠悠之感。词的下片于广远之中蕴含愁苦，西风、路远、山长、水阔，这一切景物都充满了凄楚、冷寂、荒远的气氛，很好地表达了离愁别恨的主题。

破阵子·春景

晏殊

燕子来时新社[1]，梨花落后清明。池上碧苔三四点，叶底黄鹂一两声。日长飞絮轻。

巧笑东邻女伴[2]，采桑径里逢迎。疑怪昨宵春梦好，元是今朝斗草赢[3]，笑从双脸生。

【注释】

①新社：即春社。古时祭祀土神的日子有春社、秋社之分，一般在立春、立秋后第五个戊日。②巧笑：美丽的笑容。③斗草：古时妇女常做的一种游戏，以手中草赌斗输赢。

【赏析】

燕子来时，春社在即，梨花落后，清明便为期不远。在这个季节，池塘中会疏疏落落地点缀着几点绿苔，树荫里则不时传来一两声莺啼，白昼渐长，尽日飘飞的是轻轻的柳絮。

忽而笑声盈耳，原来是互为邻里的两位女子在采桑小径上相逢，二人继而玩起了斗草游戏。斗赢的一方充满欢乐，她随即想到：怪不得昨天晚上做了那样的一个好梦，原来是今天斗草要赢的兆头。想到这里时，笑容已然绽放在她的脸上。

离亭燕

张昪

一带江山如画，风物向秋潇洒①。水浸碧天何处断？霁色冷光相射②。蓼屿荻花洲③，掩映竹篱茅舍。

云际客帆高挂，烟外酒旗低亚④。多少六朝兴废事⑤，尽入渔樵闲话。怅望倚层楼，寒日无言西下。

【注释】

①风物：景物。②霁（jì）色：雨后晴空的颜色。③蓼（liǎo）屿：生长着蓼草的岛屿。荻：多年生草本植物，生在水边，叶似芦苇，秋天开紫花。④低亚：低垂。⑤六朝：指先后在金陵（今南京）建都的吴、东晋、宋、齐、梁、陈六个朝代。

【赏析】

金陵一带，江山如画，秋天一到，风光景色明净爽朗。水与碧天连成一片，浑然不见分界，霁色与秋水的寒光交相辉映；蓼荻丛生的小岛上，几处竹篱茅舍隐约可见。水天尽头，客船的船帆好似高挂云边；烟雾之外，探出酒旗一支低低地飘扬。作者怀想六朝旧事，慨叹人世变迁、盛衰更迭到头来只成为渔父樵夫闲谈的话题，心中泛起沧桑悲感。怅然之下，他独倚高楼，默看寒日无言西下……

木兰花·春景

宋祁

东城渐觉风光好，縠皱波纹迎客棹①。绿杨烟外晓寒轻，红杏枝头春意闹。
浮生长恨欢娱少，肯爱千金轻一笑②？为君持酒劝斜阳，且向花间留晚照。

【注释】

①縠（hú）皱：形容水波纹如绉纱一样褶皱。②肯：怎肯。

【赏析】

本篇为词人代表作，亦为宋词名篇，是当时誉满词坛的佳作。词中描绘了早春绚丽多彩的风光，抒写词人伤逝嗟老的情绪和今朝有酒今朝醉、及时行乐的思想。

上片从游湖写起，讴歌春色，词人在想象中勾勒出了一幅春意盎然的景色。赋予了水波以无尽的灵性，仿佛是它们面带微笑，款款迎接游人。『绿杨烟外晓寒轻』把远处杨柳如烟、似梦似幻的美景勾勒得栩栩如生，描绘了清晨寒气淡淡、空气清新的美景。『红杏』句则通过对盛开着的杏花的着力描绘，渲染出浓浓的春意。词人极力渲染对春天的喜爱之情，可谓言在此而意在彼，他真正的目的是为下片伤春的情绪做铺垫。

下片笔锋一转，由表达对春天的赞美之情转而描写自己对人生苦短的感叹：既然人生在世匆匆数十载，忧患总是多于欢乐，何不潇潇洒洒地做一个享乐者呢？于是引出了『为君持酒劝斜阳，且向花间留晚照』两句，抒写词人举杯挽留夕阳，希望它能在花丛间多停留一段时间，以使自己和同游的伙伴得以尽兴，不留遗憾。词人以此作结，表达了自己对美好春光即将逝去的留恋之情。

在语言风格上，整首词言辞优美，风格新颖，别具一格，韵味十足；在构思上，结构严谨，疏放自如，对仗工整，辞藻虽华美但不俗艳，情感虽缠绵但不轻浮，而珍惜美好时光、不要荒废人生等主题思想也被表达得清晰明了，着实精巧。

此外最值得一提的是，本词有一句千古名句『红杏枝头春意闹』，王国维称其『著一「闹」字而境界全出』。它把视觉和听觉完美地结合在一起，化视觉为听觉，表现了姹紫嫣红、蜂蝶争喧的生意盎然的春色，极为动人。尤其是一个『闹』字，更是把杏花争艳斗丽的神态描绘得栩栩如生，淋漓尽致，也将词人自己对春天的喜爱之情渲染到了极致，其境界之高令人赞叹，词人也因此获得了『红杏尚书』的雅号。

贺圣朝·留别

叶清臣

满斟绿醑留君住①，莫匆匆归去。三分春色二分愁，更一分风雨。

花开花谢，都来几许②？且高歌休诉。不知来岁牡丹时，再相逢何处？

【注释】

①绿醑（xǔ）：绿色的美酒。醑：古代用器物滤酒，去糟取清叫醑。②都来：算来。

【赏析】

满斟一杯绿色的美酒劝朋友再做停留，不要匆匆归去，然后叹息春色三分，其中含两分离愁，还有风雨带来的一分春愁。因为伤感，作者所以言及花儿会开也就必然会谢的道理，但刚刚就此劝友人忘掉人生聚散，暂且高歌舒怀，便又黯然神伤于『不知来岁牡丹时，再相逢何处』的怅然自问。

诉衷情·眉意

欧阳修

清晨帘幕卷轻霜，呵手试梅妆。都缘自有离恨，故画作远山长。
思往事，惜流芳，易成伤。拟歌先敛，欲笑还颦①，最断人肠！

【注释】

①拟歌先敛二句：想唱歌心里却发紧，想欢笑眉头却紧皱，表现强颜欢笑。

【赏析】

本篇描写的是一位歌女的生活片断，抒写了歌女的相思离恨之情，将其内心深处的痛苦和愁闷表现得淋漓尽致。

词的上片写歌女清晨梳妆，白描歌女清晨试梳梅花妆和画远山眉的细节，以又细又长的眉黛象征离愁如远山绵长不尽，用意奇巧。『清晨帘幕卷轻霜』，清晨卷起结着轻霜的幕帘，点明歌女起床后的活动——卷帘，卷起『轻霜』，言此时已到微寒时节，因而『呵手』，这一细节写出歌女的娇怯状。接着她开始『试梅妆』，意思是试画新式梅花妆，反衬出歌女的秀美俏丽。『都缘自有离恨，故画作远山长』，既可理解为词人的揣度，也可理解为歌女的心理，都因为内心有太多离愁别恨，故而将双眉画得像远山般浅淡而细长。清朝学者陈廷焯《词则闲情集》评言：『纵画长眉能解离恨否？笔妙。能于无理中传出痴女子心肠。』

词的下片写歌女悲伤忧愁的心理，先是回忆昔日，后又转写今朝。『往事』『流芳』，表达其对往昔回忆的眷恋与惋惜之情。『拟歌先敛，欲笑还颦』是歌女此时的情态：想唱歌心里却发紧，想欢笑眉头却紧皱，表现歌女强颜欢笑的愁恨苦闷。这样的日子『最断人肠』，直言其内心的无比哀伤，隐含着词人对其深深的同情，语简意深，十分传神。

全词章法自然顺畅，上片写歌女化妆的场景，下片刻画其心理活动，以白描的手法，着重描写了歌女的动作和情态，刻画出歌女的离恨别伤，可谓构思新颖。

踏莎行

欧阳修

候馆梅残①，溪桥柳细。草薰风暖摇征辔②。离愁渐远渐无穷，迢迢不断如春水。

寸寸柔肠，盈盈粉泪。楼高莫近危阑倚③。平芜尽处是春山④，行人更在春山外。

【注释】①候馆：驿馆。②摇征辔（pèi）：指策马远行。③危阑：高楼上的栏杆。④平芜：绵延不断、向远方伸展的草地。

【赏析】

本篇抒写远别离愁。

上片写远行人在春日离家后随着行程的渐远，愁也越来越重、越强烈。『候馆梅残，溪桥柳细。草薰风暖摇征辔』是远行人途中所见之景，『梅残』『柳细』『草薰』等词渲染出悲情气氛；『离愁渐远渐无穷，迢迢不断如春水』写离家日渐遥远触发离愁，词人以春水迢迢比喻离愁的绵绵不断，真切生动，真实而自然地表现了其望归的愁情。

下片则从闺人着眼，悬想闺中人思念远行人的情态，表现闺中人相思的痛苦。『寸寸柔肠，盈盈粉泪』，寸寸柔肠痛断，行行盈淌粉泪，两对句、八字即写出闺中人的缠绵深切的相思之情。接下一句『楼高莫近危阑倚』，不要登高楼望远把栏杆凭倚，既是远行人对闺中人的深情的嘱托，又表现了闺中人倚楼望远而又不见所思之人的情景。『平芜尽处是春山，行人更在春山外』是补充说明上句，即使登楼也枉然，因为什么都看不见，你远眺到的只是平坦的、一望无尽的草地，原野尽头是重重青山，而你思念之人还在那重重春山之外，早已渺不可寻。即使望断春山也是徒然，更见闺中人的失望和感伤。此二句既刻画出闺中人的神态，又揭示出其内心深处悠远缠绵的情思，为宋词中的名句。今人唐圭璋《唐宋词简释》赞曰：『平芜已远，春山则更远矣，而行人又在春山之外，则人去之远，不能目睹，惟存想象而已。写来极柔极厚。』明王世贞《艺苑卮言》说：『此淡语之有情者也。』

全词委婉缠绵，别具一格，词人将游子思乡之情与闺中人的思念融合在一起，写出两地互为相思的情思，可谓新颖生动。虽为常见的离情别绪的题材，但词人所运用的奇妙手法，使本词跳出俗套，读来清新雅致，令人神往。整首词意境优美，融情于景，情寓景中，表现了欧词深婉的风格，是其最具代表性的词作之一。

生查子·元夕

欧阳修

去年元夜时，花市灯如昼。月上柳梢头，人约黄昏后。
今年元夜时，月与灯依旧。不见去年人，泪湿春衫袖。

【赏析】

此词是欧阳修脍炙人口的名篇之一，词人以少女口吻写成。

上片回忆去年的欢悦，那时灯好、月明，热恋中的约会也因元夜的欢乐而增添光彩。『去年元夜时』点明时间，引出下文的叙述，接下三句为当时的情景；『花市灯如昼』极言元宵夜的灯火辉煌，展示了欢聚的时空背景；『月上柳梢头，人约黄昏后』写去年元夜幽会的情景，为全词的词眼，其意境优美且情致浪漫，是欧词中传诵千古的名句。上片勾勒出一幅月下幽会的幸福场景，但快乐的时光总会很快消逝。

词的下片，词人笔锋一转，写今年元夜重临故地，物是人非的悲苦情景。『月与灯依旧』一句话即概括出今天的环境，景物与去年一般无二，依旧月光普照，灯市灿烂如昼。而人又是怎样呢？一句『不见去年人』——去年相会的人却不见踪影，道出无尽的哀伤。而为何『不见』，词人一字不提，更增添了悲凉之意。面对此情此景，少女怎能不伤感悲伤？『泪湿春衫袖』——只见那相思之泪不禁打湿了春衫的衣袖，词人只用五字就将这种淡漠冷清的伤感形象化、明朗化，足见其功底深厚。

蝶恋花

欧阳修

庭院深深深几许？杨柳堆烟，帘幕无重数。玉勒雕鞍游冶处①，楼高不见章台路②。

雨横风狂三月暮，门掩黄昏，无计留春住。泪眼问花花不语，乱红飞过秋千去。

【注释】

①玉勒雕鞍：镶玉的马笼头和雕花的马鞍。游冶处：即冶游处。指歌楼妓馆。②章台：歌伎住所的代称。

【赏析】

本篇为一首暮春闺怨词，描写了暮春时节深闺女子怀人伤春的苦闷愁怨，是闺怨词中千古传诵的名作。

开首即连用三个『深』字，写出女子与世隔绝形如囚居一般的生活，暗示其孤身独处、怨恨莫诉的压抑之感，将女子独守空房的孤苦落寞之景刻画得入木三分。李清照《词序》曾赞曰：『欧阳公作《蝶恋花》有「庭院深深深几许」之句，予酷爱之，用其语作「庭院深深」数阕。』接下来词人对深闺女子的住处进行了细致的描绘，由远及近，近处是『杨柳堆烟』，一排排杨柳密密丛丛，雾气弥漫，好似一幅水墨画。远处是一重重的帘幕，『无重数』三字描写出这座庭院的幽深隐秘。下一句词人笔锋一转，『玉勒雕鞍游冶处』将视线转到其丈夫那里，而下一句又折笔描写女子独处高楼，凝神远望丈夫游冶之处。王国维《人间词话》言：『一切景语，皆情语也。』

词的下片借写风狂雨暴的黄昏，抒写出女子无限的伤春之感。末两句是欧阳修词中脍炙人口的名句之一，毛先舒《古今词论引》曾分析道：『永叔词云：「泪眼问花花不语，乱红飞过秋千去。」此可谓层深而浑成。何也？因花而有泪，此一层意也；因泪而问花，此一层意也；花竟不语，此一层意也；不但不语，且又乱落、飞过秋千，此一层意也。人愈伤心，花愈恼人，语愈浅而意愈入，又绝无刻画费力之迹，谓非层深而浑成耶？』全词语言优美，浅显易懂，然意境深远，深沉细腻，远胜花间词之清韵。

渔家傲

欧阳修

花底忽闻敲两桨，逡巡女伴来寻访①。酒盏旋将荷叶当②，莲舟荡，时时盏里生红浪③。

花气酒香清厮酿④，花腮酒面红相向。醉倚绿阴眠一晌⑤，惊起望，船头阁在沙滩上⑥。

【注释】

①逡（qūn）巡：顷刻。②旋：随即。当（dàng）：代替。③生红浪：莲塘泛舟，有莲影映于酒杯之中，故显出红色波纹。④清厮酿：形容花香酒香混成一片。⑤一晌：一会儿。⑥阁：同『搁』，搁浅。

【赏析】

荷花深处忽闻桨响，不多时便看到女伴前来寻访，她们旋即采摘荷叶作酒杯，随着莲舟摇荡，那『杯』中酒映着荷花，泛起层层红浪。花的清香与酒的醇香混在一起，花的红晕和脸的红晕两相映衬。酒喝得微醺，女子便借荷叶绿荫酣眠一晌，但不多时就惊起四望，原来是小船随波逐流，船头搁浅在了沙滩上。

浪淘沙

欧阳修

把酒祝东风，且共从容①。垂杨紫陌洛城东②，总是当时携手处，游遍芳丛。

聚散苦匆匆，此恨无穷。今年花胜去年红，可惜明年花更好，知与谁同？

【注释】

①且共从容：意谓暂且一起悠闲一刻，不要急于离去。②紫陌：指京城郊外的道路。

【赏析】

此词作于宋仁宗明道元年（1032年）春，当时词人偕同友人梅尧臣旧地重游洛阳城，实为有感而作。本篇为一首惜春的小词，词人写旧地重聚，借赏花抒怀。

上片描写了词人昔日在洛阳与友人欢聚郊游的情景，表现了词人纵情游赏的潇洒自在，词人加添了一

『共』字，借景抒情，深化了词的意境，使感情愈加真挚。开头两句诗源自晚唐诗人司空图的《酒泉子》『黄昏把酒祝东风，且从容』便添了新意。『共从容』是针对人与风而言，词人希望能留住东风，留住光景，可以继续游赏，更希望人们能够慢慢游赏，尽兴而归。『洛城东』点明游赏的地点，即洛阳城东的公园。由『垂杨』『东风』几句，将暖风吹拂、翠柳飞舞、气候宜人的迷人景色展现在读者面前，此时正是游赏的好时候，此地正是观光的好去处。末两句抒情感叹，这些就是昔日携手同游过的地方，今天又全部重游了一次。『芳丛』点明此次郊游的主要目的为赏花。

下片慨叹人世无常、聚散匆匆，抒写了词人惆怅失落的感伤之情。前两句即发出深深的感叹，『聚散苦匆匆』意思是聚会本来就很难，可刚刚见面，又要匆匆告别，这怎能不带来深深的怅恨？一句『此恨无穷』扩及各种离别，并不是只言词人的分别，而是言及古今亲人朋友之间的匆匆离别。末三句通过描写眼前所见鲜艳繁盛的景色，抒发了词人感伤的别离之情，正是『以乐景写惆怅』。词人将三年的花加以对比，『今年花胜去年红』，今年的花比去年开得更加繁盛，更加鲜艳，但『明年花更好』，却不知道能和谁再来共赏？词人以惜花写惜别，层层递进，诗意盎然，构思新颖，可谓惜别诗中的绝妙之笔。

全词语言凝练，婉丽隽永，含蕴深刻，耐人寻味。

凤箫吟

韩缜

锁离愁，连绵无际，来时陌上初熏①。绣帏人念远②，暗垂珠露，泣送征轮。长行长在眼，更重重、远水孤云。但望极楼高，尽日目断王孙③。

销魂。池塘别后，曾行处、绿妒轻裙④。恁时携素手⑤，乱花飞絮里，缓步香茵。朱颜空自改，向年年、芳意长新。遍绿野，嬉游醉眼，莫负青春。

【注释】

①初熏：指刚散发出的清新草气。②绣帏人：指闺中女子。③王孙：指代远行之人。④绿妒轻裙：轻柔的罗裙与芳草争绿。⑤恁（nèn）时：那时。

【赏析】

本篇又题『芳草』，为咏芳草、抒离愁之词。全篇不见一个『草』字，但却处处咏草，以比喻女子离愁别恨的无穷无尽。像这样咏物而不滞于物，实为难得。上片主要写送别的情景。『锁离愁』三句点出了离愁之重。刚刚和久别的游子重逢，没想到，他又要踏上旅途。此时此刻，送别者心中无尽的愁绪不知该怎样排遣，仿佛被那田间小路上刚刚散发出芳香的春草锁住了。她久居深闺绣帏，思念着远行的游子，『暗垂珠露』。此处『暗垂珠露』四个字，不仅刻画出了女子送别时泪流满面的形象，而且还赋予了碧草以人的感情，碧草上的露珠仿佛是泪滴，碧草好像也在为离别而落泪，如此一来，气氛更加感伤。『长行』三句写游子已远去，芳草却常在眼前，加上远水孤云，更增离愁。此处『孤』字运用得出神入化，准确地写出了送行者独自睹草思人的愁情。『但望极』两句，写游子渐行渐远，送行者即使站在高楼上远眺，也望不见游子的身影了，只能怀着满腔离愁别恨，空自怅望。这样一来，作品的感伤气氛显得更浓了。

下片笔锋再转，写别后游子的情绪，处处睹物伤怀。『销魂』四句由芳草池塘边的离别写起，转入回忆。『曾行处、绿妒轻裙』，写绿草好像都在嫉妒女子罗裙的碧色，以此来反衬女子的靓丽、可爱，从而使游子对女子的怀念之情更深一层。『恁时』三句仍是回忆旧日两人在一起的赏心乐事。『朱颜』三句以芳草年年常绿常新比衬人之朱颜改换、青春逝去之无可奈何。结句与开篇相照应，奉劝人们面对遍野的碧草，不要只顾触景伤情，以免辜负了大好的时光。

桂枝香·金陵怀古

王安石

登临送目，正故国晚秋①，天气初肃。千里澄江似练，翠峰如簇。归帆去棹残阳里，背西风，酒旗斜矗。彩舟云淡，星河鹭起，画图难足。

念往昔，繁华竞逐。叹门外楼头②，悲恨相续。千古凭高，对此漫嗟荣辱③。六朝旧事随流水，但寒烟衰草凝绿。至今商女，时时犹唱，后庭遗曲④。

【注释】

①故国：指金陵。金陵为六朝旧都，故云。②门外楼头：杜牧《台城曲》有：『门外韩擒虎，楼头张丽华。』隋将韩擒虎引大军灭陈时，陈后主还与宠妃张丽华在楼台上寻欢作乐。③漫嗟：空叹。④后庭遗曲：陈后主所作的《玉树后庭花》，后人常视为亡国之音。

【赏析】

这首词作于词人第二次被罢相、出知江宁府的时候，通过对金陵（即南京）景物的赞美和对历史兴亡的感喟，寄托了自己对当时朝政的担忧和对国家政治大事的关心。

上片侧重写景，写词人登高所见。在一派飒爽的晚秋天气中，词人登高临远，大笔挥洒，描绘秋日晚暮江山如画的景色，视野开阔，气象壮观。以『登临送目』起首，指出地点和时间，并引出下文的景物描写。结尾总收一笔，从侧面概说此地风物之美。

下片抒怀。词人发六朝兴亡的感慨，突出『门外楼头』的旧事，其实是借古伤今，别有言外之意。『千古』二句起笔高迈，从后人感怀的角度，把感叹的深度和力度推向极致。『六朝』两句融情入景，把深深的古之幽情寄于寒烟、衰草、商女、后庭等一系列凄清的意象，效果立现。过去的虽然已经过去，可至今犹唱的《后庭》遗曲不也是对今人的一种警醒吗？

这首词境界雄浑、阔大，伤怀吊古，暗寄讽谏之情，可以看出词人对统治者的劝诫和忧国忧民的情怀，可谓蕴藉深沉。

渔家傲

王安石

平岸小桥千嶂抱，柔蓝一水萦花草①。茅屋数间窗窈窕②。尘不到，时时自有春风扫。

午枕觉来闻语鸟，欹眠似听朝鸡早③。忽忆故人今总老。贪梦好，茫然忘了邯郸道④。

【注释】

①萦：萦绕。②窈窕：幽深的样子。③欹（qī）眠：斜躺着。④邯郸道：引唐沈既济《枕中记》所写卢生于邯郸客栈中做黄粱美梦一事。

【赏析】

此词是作者罢相后的作品。词中写到所居环境的清幽秀雅，闲居生活的悠游惬意。结尾处言及朝中故人多因忧劳而衰老，不似自己能贪婪于美好的梦境，茫然间将仕途政治全部都忘掉。

浪淘沙

王安石

伊吕两衰翁①，历遍穷通②，一为钓叟一耕佣。若使当时身不遇，老了英雄。
汤武偶相逢，风虎云龙③，兴亡只在谈笑中。直至如今千载后，谁与争功！

【注释】

①伊：伊尹，商代大臣，曾帮助商汤灭亡了夏朝，建立了商朝。吕：吕尚，即姜太公，他曾帮助武王伐纣，建立了周朝。②穷通：困顿与通达。③风虎云龙：《易经》中说：『云从龙，风从虎。』此指辅佐君主。

【赏析】

上阕写商代开国贤相伊尹和周朝兴邦重臣吕尚因为不遇而做农夫、做渔父的故事，推想若不是得遇商汤、周武王两位明君便会空老了英雄。下阕赞叹明主贤臣一朝相逢，如同龙得云助，虎得风势，兴国大业在谈笑中便已完成，丰功伟绩光照千古，无人能及。

清平乐·春晚

王安国

留春不住，费尽莺儿语。满地残红宫锦污①，昨夜南园风雨。
小怜初上琵琶，晓来思绕天涯。不肯画堂朱户，春风自在杨花。

【注释】

①宫锦：演出结束后客人为表嘉奖而赠艺人的锦帛。

【赏析】

本篇抒写伤春惜春之情，虽题材不新鲜，但词人构思精巧，笔法奇妙，将自己的生活融进景色中，写出了自己的性情和风骨，堪称伤春词中的佳作。

词的上片以倒装句式写万花委地、残红碎锦的暮春萧条景色，抒写留春不住的感伤，表达了词人慨叹美好年华逝去的惆怅情怀，隐隐寄寓了词人英雄末路的悲慨。『留春不住，费尽莺儿语』从听觉入手，词人运用拟人的手法，写黄莺在耳边不停唱歌，劝说春天不要匆匆离去，然却『留春不住』，写出无计留春之苦；『满地残红宫锦污』写脏污的红锦落花满地零落，是从视觉入笔，表达了词人的惜春之情。下片抒写暮春伤逝念远的幽怨，以暮春纷飞的杨花不肯飞入权贵人家的画堂朱户，表达了词人不亲权贵的高尚品格。『小怜初上琵琶，晓来思绕天涯』再次付诸听觉。『不肯画堂朱户，春风自在杨花』转回视觉描写，词人描述了暮春漫天飞舞的杨花，不肯进入豪门大户的情景，暗喻自己不肯趋炎附势的风骨，手法新巧而又富有情趣。

卜算子·送鲍浩然之浙东

王观

水是眼波横，山是眉峰聚。欲问行人去那边？眉眼盈盈处①。

才始送春归，又送君归去。若到江南赶上春，千万和春住。

【注释】

①盈盈：美好的样子。

【赏析】

浙东素以山清水秀闻名，因而词也就从山水写起。作者用女子含情脉脉的眼波来形容浙东的水，用女子蹙拢的眉来形容浙东的山，更用『眉眼盈盈』一语注入灵气，托显出江南山水的柔情绰态。

别离是伤感的，何况是在春日将尽的时候，惜春惜别之情一同搅缠于心中的滋味确实不好受。但作者想到友人此去江南兴许还能赶上春天在那里逗留的脚步，不禁又为他庆幸。他于是叮嘱友人，如果真的赶上了春天，千万要拣那春意最浓的地方住下。

蝶恋花

晏几道

醉别西楼醒不记，春梦秋云，聚散真容易。斜月半窗还少睡，画屏闲展吴山翠。

衣上酒痕诗里字，点点行行，总是凄凉意。红烛自怜无好计，夜寒空替人垂泪①。

【注释】

①红烛两句：化用唐杜牧《赠别》中『蜡烛有心还惜别，替人垂泪到天明』句。

【赏析】

本篇也是抒写离别之感，写的是伤别怀人。词人并没有描述具体的事件，而是描绘主人公寒夜无眠，追忆醉别西楼，感慨聚散短暂，睹物思人倍感凄凉，孤栖无依只有红烛垂泪相伴。写景、叙事、抒怀相结合。

词中『春梦秋云』的比喻和红烛垂泪的拟人写法形象生动，耐人寻味。

上片写梦醒之后，感慨人生如梦如云。『醉别西楼醒不记』写昔日在西楼醉中一别，醒后全忘，点明离别之意，这好像是追忆往日某一幕的具体的醉别，又像是泛指所有的前欢旧梦，虚虚实实，『如幻，如电，如昨梦前尘』。面对此情此景，词人不由得发出感叹：『春梦秋云，聚散真容易』，慨叹人生如飘忽不定的春梦秋云，聚无由，散容易。春梦虚幻而短暂，秋云缥缈而易逝，以此象征人生，真切而形象，惹人遐思。『斜月半窗还少睡，画屏闲展吴山翠』转而写景，因追忆前尘往事，感叹聚散，浑然不知此时已是『斜月半窗』了，独自一人看着那画屏悠闲地展现出吴山的葱翠，心中极度郁闷伤感。词人以『闲』字反衬出自己内心的苦闷。下片写欢聚留下的酒痕诗文，『衣上酒痕诗里字』原是昔日西楼狂欢的象征，如今却『点点行行，总是凄凉意』。词人睹物生景，睹物生情，怎能不感到凄凉哀伤？连红烛都被『凄凉意』感动，它虽然同情人的凄凉，却『自怜无好计』，只能在寒寂的夜晚白白地替人长洒同情之泪。此句『红烛』与上片的『画屏』相对应，一翠一红，一无情一有情，相映成趣，足见词人构思之巧妙。

全词语淡情深，充满了无处排遣的惆怅和悲凉，风格沉郁悲凉，手法精妙，后人评价极高。『红烛自怜无好计，夜寒空替人垂泪』为其中名句，颇具晏几道的作词风格。

清平乐

晏几道

留人不住，醉解兰舟去。一棹碧涛春水路①，过尽晓莺啼处。

渡头杨柳青青，枝枝叶叶离情。此后锦书休寄，画楼云雨无凭。

【注释】

①棹（zhào）：船桨。

【赏析】

晏几道写情沉郁顿挫，一般都不直抒胸臆，而是用极其委婉的方式来抒写。此词是一首以深婉含蓄见长的言情词，写女子送别情景，抒发了女子挽留不住情人的怨愤之情。

上片四句主要是写景，用春天美好的事物反衬主人公哀怨的心情，比直接抒情更为感人。首句描绘了一个分别的情景：女子对情人依依不舍，苦苦挽留；行者不顾女子的哀求，去意已决，执意要走，两人形成鲜明的对比。既然强留不住，女子只能放手了。一个『留』，一个『去』，为下面的抒情做铺垫。第二句写女子为情人举行饯行酒宴的情况。此时二人的态度同样形成对照：女子由于满腔离愁别绪，吃不下去；行者因为即将远行，心情愉悦，以至大醉。下面两句紧承上句，描绘了一幅美丽的春晨江景图。这些美好的景物其实并不是真实的，是女子对情人一路上风光的想象。那江水澄净碧绿，鸟声婉转动听，到处洋溢着喜人的气息，这不就是行者此刻心情的真实写照吗？此处再次把行者的高兴与女子内心的哀愁形成对比，把女子哀不胜哀、愁不胜愁的心境刻画得非常形象。

下片开始两句和篇首的『留人不住』遥相呼应，是女子想象情人离开后的情景。情人乘船走后，渡头空荡荡的，连垂柳都见之哀伤，叫多情的她怎么能不悲切呢？结句虽然也是写情，却显得有些突兀。女子面对情人离开伤心欲绝，以至违心地说『此后锦书休寄』，要和他从此断绝关系。青楼女子身份特殊，即便与情郎情深意切，终究还是要分开，大都没有好结局。既然如此，还不如断绝来往呢！这句话看起来很决绝，其实是负气之言，暗含幽怨。这两句以怨写爱，把女子因深爱而绝望，绝望却始终割舍不了与情人的感情的复杂心境表现得淋漓尽致。

本词在结构上没有特别之处，没有时间和空间上的跨越，仅仅围绕一个人物在送别时的感受展开，简单明快，却将女子的神态刻画得入木三分，极为传神，由此可见词人高超的技法。

鹧鸪天

晏几道

小令尊前见玉箫①，银灯一曲太妖娆。歌中醉倒谁能恨，唱罢归来酒未消。

春悄悄，夜迢迢，碧云天共楚宫遥②。梦魂惯得无拘检，又踏杨花过谢桥③。

【注释】

①尊：酒器。②楚宫：指代玉箫居处。③谢桥：谢娘家的桥。谢娘为唐代妓人。

【赏析】

词写作者对一位美丽歌女的怀念之情。『玉箫』指代歌女，作者在一次宴会上偶然遇到她，久久不能忘怀。

酒宴歌席间第一次见到玉箫，银灯璀璨的光华下，她清歌一曲，让作者连连叹息『太妖娆』。他情愿歌中醉倒而无怨恨，宴毕后一路陶醉归来，酒意未消。

春悄悄，夜迢迢，作者空对碧色云天，叹息佳人远隔，不无惆怅。他于是求助于不受束缚的梦境，踏杨花，过谢桥，一路寻去，往见昼思夜想的玉箫。

阮郎归

晏几道

旧香残粉似当初，人情恨不如。一春犹有数行书，秋来书更疏。

衾凤冷①，枕鸳孤②，愁肠待酒舒。梦魂纵有也成虚，那堪和梦无。

【注释】

①衾凤：被子上绣的凤。②枕鸳：绣着鸳鸯的枕头。

【赏析】

本篇为一首闺怨词，写女子怀人怨情。词人以跌宕波折之笔法，写女子虽怨恨情人负心、人情淡薄，但依然痴情不改，深切思念情人，极写女子爱情之深挚。

上片写物是人非，用剩的脂粉还像当初一样香，可叹『人情恨不如』感情连旧粉也不如；春天的时候还写过几行信，可如今『秋来书更疏』。从细节上表现了游子的负心，彰显出女子的敏感多情。上片写女子睹物思人，表现了她对负心情人的满腔怨恨之情。

下片写独居的冷清凄苦，一人盖被暖不透，独个双枕好孤独，愁肠百结只能『待酒舒』。头两句写女子的内心感受，把她清冷、凄凉的主观情感寄托在衾与枕上，将她的内心刻画得非常入神。词人之所以用凤和鸾来比喻衾和枕，是因为我国古代通常以凤凰和鸳鸯来比喻情侣相亲相爱，以凤凰与鸳鸯成单来暗示情侣分离的境况。词人的用意正在于此，暗喻今非昔比、物是人非。『愁肠』一句，写女子为了排解心中的烦闷，希望借酒消愁，哪怕得到的只是暂时的解脱也好。虽是『待酒舒』，却未必是真醉，反而陷入了更重的愁思之中。

卖花声·题岳阳楼

张舜民

木叶下君山①，空水漫漫。十分斟酒敛芳颜。不是渭城西去客，休唱阳关。

醉袖抚危阑，天淡云闲。何人此路得生还？回首夕阳红尽处，应是长安。

【注释】

①君山：又名洞庭山，在洞庭湖中。

【赏析】

落叶纷纷飘下君山，洞庭湖水与天相连，浩瀚无边。作者制止了将酒斟满，而后告诉敛整姿容准备歌唱侑酒的女子，自己并非要西迁大漠，所以不必唱起《阳关三叠》的凄凄别音。

酒醉后，扶着楼台的栏杆，看天淡云闲。他悲伤叹问远谪之人有多少能在有生之年得以归还，转而回望夕阳红尽的天边，怅然推想，那里应是牵系着命运和情感的长安。

水龙吟·次韵章质夫杨花词

苏轼

似花还似非花，也无人惜从教坠①。抛家傍路，思量却是，无情有思②。萦损柔肠，困酣娇眼，欲开还闭③。梦随风万里，寻郎去处，又还被、莺呼起④。

不恨此花飞尽，恨西园、落红难缀⑤。晓来雨过，遗踪何在？一池萍碎⑥。春色三分，二分尘土，一分流水。细看来，不是杨花，点点是离人泪。

【注释】

①从教坠：任其飘落。②无情有思：意谓杨花随风飘舞，看似无情，却也有它自己的思绪。③萦损三句：此三句是将杨花想象成闺中少妇，写尽夫婿远行后她整日百无聊赖的姿态。④莺呼起：唐金昌绪《春怨》：『打起黄莺儿，莫教枝上啼。啼时惊妾梦，不得到辽西。』⑤落红难缀：意谓花儿纷纷凋落，再也不能连结在枝头了。缀：连结。⑥萍碎：古人认为杨花落水变成浮萍。

【赏析】

这首词作于宋哲宗元祐二年（1087年）前后，当时苏轼与章质夫都在汴京做官。这是一首唱和之作，词人明写杨花，暗抒离别的愁绪。

词的上半部分写杨花飘落的情景。开篇『似花』两句造语精巧，音韵和婉。一方面咏吟杨花，另一方面也是写人的情感。最后几句把花和人合为一体，极言离人的愁苦哀怨。词的下半部分言情。前两句笔势跌宕顿挫，用『不恨』『恨』两相对照，抒发对杨花无人怜惜的惆怅。『晓来』『春色』六句，是对前面『抛家』『萦损』的详细解释，杨花最后的结局是『一池萍碎』，或被碾为尘土，或被流水带去。收尾三句总揽一笔，把池中『萍碎』的杨花喻为离人的泪滴，想象奇特。

定风波·南海归，赠王定国侍儿寓娘①

苏轼

常羡人间琢玉郎②，天应乞与点酥娘③。尽道清歌传皓齿，风起，雪飞炎海变清凉。

万里归来年愈少，微笑，笑时犹带岭梅香。试问岭南应不好，却道：此心安处是吾乡。

【注释】

①王定国：名巩，因受『乌台诗案』牵连而被贬官岭南。②琢玉郎：指善于相思的多情人。③乞与：给予。点酥娘：形容柔奴肌肤、资质的光洁柔美。

【赏析】

柔奴陪伴王定国贬谪南方回来，与作者问答，深得作者的欣赏。他所以写下此词来赞美柔奴。词中说：我常常羡慕幸运的多情郎王定国，上天赐给他一位温柔美丽的好姑娘。人们都说她轻启皓齿，唱出那沁人心脾的歌声，就好像风起雪飞，让炎炎火海也变得清凉。她陪伴主人贬谪万里归来，容颜却越发地焕发着青春的风采，她常常微笑，微笑中还带着岭南的梅香。我问她贬地的风物应该不会太好吧，她却对我说：此心安处，便是故乡。

水调歌头

苏轼

明月几时有？把酒问青天。不知天上宫阙，今夕是何年？我欲乘风归去，又恐琼楼玉宇①，高处不胜寒。起舞弄清影，何似在人间②？

转朱阁③，低绮户④，照无眠。不应有恨，何事长向别时圆？人有悲欢离合，月有阴晴圆缺，此事古难全。但愿人长久，千里共婵娟⑤。

【注释】

①琼楼玉宇：指月宫，也指朝廷。②在人间：也含有出任地这首词作于宋神宗熙宁九年（1076年），当时苏轼在密州任太守。他与弟弟苏辙已是七年阔别，再加上政事上的不顺心，又赶上丙辰年的中秋节，于是对月思人，尽抒情怀，乘醉而歌，写出了这首传颂千古的名篇。胡仔《苕溪渔隐丛话》说：『中秋词自东坡《水调歌头》一出，余词尽废。』③朱阁：朱红窗。④绮户：雕花的门窗。⑤婵娟：月亮。

【赏析】

词的上片写把酒问天，发欲升天之奇想，但又恐高处奇寒不如人间，一波三折，抒写词人由于政治失意想要超脱尘世但又热爱人间、眷恋人生的矛盾心态。下片由『人有悲欢离合，月有阴晴圆缺』慨叹人生好事难全，古今一样，进而表达『但愿人长久，千里共婵娟』的心愿，只希望人们能够永远健康长寿，即使相隔千里也能在中秋之夜共同欣赏天上的明月。这里既抒写怀念兄弟的深情以及对远方亲人的思念，也是表达一种祝福。

全词叙述跌宕起伏，情感放纵奔腾，充满浪漫主义情调，风格超旷飘逸，表现诗人开阔洒脱的胸襟和积极达观的品格。全词构思奇特，结构严谨，蕴含深广，通过对虚无缥缈的月宫仙境的幻想，表现了现实世界中自己内心的矛盾和迷茫，以及对人生的思考和认识。本词语言如行云流水，理性情趣兼有，是宋词的名作。其中的『人有悲欢离合，月有阴晴圆缺』『但愿人长久，千里共婵娟』等句，是流传千古的名词佳句。

念奴娇·赤壁怀古

苏轼

大江东去，浪淘尽、千古风流人物。故垒西边，人道是，三国周郎赤壁。乱石穿空，惊涛拍岸，卷起千堆雪。江山如画，一时多少豪杰。

遥想公瑾当年，小乔初嫁了，雄姿英发。羽扇纶巾①，谈笑间，樯橹灰飞烟灭②。故国神游③，多情应笑我，早生华发④。人生如梦，一樽还酹江月⑤。

【注释】

①纶（guān）巾：用青丝带做的头巾。②樯橹：指曹操水军。樯：桅杆。橹：船桨。③故国：指赤壁古战场。④华发：白发。⑤酹（lèi）：将酒倒在地上以表祭奠。

【赏析】

这首词是苏轼豪放词的杰作，也是整个豪放词派中的扛鼎之作。它写于宋神宗元丰五年（1082年）七月，当时苏轼刚刚因『乌台诗案』受贬，退居黄州。词中，词人挥洒巨笔描绘赤壁古战场雄奇壮丽的景色，表现三国名将周瑜风流儒雅、指挥若定的大将风采，歌颂了祖国大好江山和英雄人物，也抒写了自己政治失意、老大无成的迟暮之悲。

上片以『赤壁』为主题，写雄浑之景。开篇三句总起，由景到人，人由景出，在浩荡东流的滔滔江水之后，紧跟着引出千秋万代的风流人物，笔势雄奇，气势阔大，营造出一种历史的深厚感，让人感慨系之。『故垒』两句明言借古抒怀。『人道是』，显出词人的严谨。『周郎赤壁』，既合主题，又是对下文赞美周郎的铺垫。『乱石』三句，直写赤壁的景色，苍凉雄浑，制造出一种抒怀的氛围，最后用『江山如画』

衬托历代英豪的丰功伟绩。

下片写怀古之情。用『遥想』总领，起笔六句分别从多个方面描写周瑜当年的英武形象，暗示自己垂垂老矣而一事无成，充满了郁郁不得志的愤慨。『多情』两句，写自己的一生，感慨自己尚无所作为却已老之将至，大好年华全都被虚度。最后两句情景交融，思接古今，看似是词人以酒祭月，表达自己对古人的缅怀之情，实则是借酒浇愁，体现出词人内心深处的无奈与苦闷。

全词气象宏阔，笔力遒劲。胡仔在《苕溪渔隐丛话前集》盛赞此词为『古今绝唱』。

西江月

苏轼

世事一场大梦，人生几度秋凉。夜来风叶已鸣廊①，看取眉头鬓上。
酒贱常愁客少，月明多被云妨。中秋谁与共孤光②，把盏凄然北望。

【注释】

①风叶：被风吹落的树叶。②孤光：月光。

【赏析】

世事一场大梦，人生几度秋凉，入夜后，秋风裹挟着落叶在廊间鸣响，作者有悲于秋意，对镜自顾眉头鬓上白发斑斑，不禁忧伤无限。酒价低贱的时候常愁的是客人稀少，而即便如明月之光也多被浮云妨碍；又逢中秋佳节，但无人可共饮酒赏月，满心愁苦，作者把盏凄然北望那由来的地方。

临江仙·夜归临皋

苏轼

夜饮东坡醒复醉①，归来仿佛三更。家童鼻息已雷鸣，敲门都不应，倚杖听江声。
长恨此身非我有，何时忘却营营②。夜阑风静縠纹平③。小舟从此逝，江海寄余生。

【注释】

①东坡：苏轼被贬黄州时曾筑室于黄州城外之东坡，因号东坡居士。②营营：为功名利禄而奔波劳碌。③縠（hú）纹：如绉纱一样褶皱的水波纹。

【赏析】

本篇为词人谪居黄州醉酒抒怀之作，作于宋神宗元丰五年（1082年），即苏轼被贬黄州的第三年。词的上片写夜饮醉归情景，『夜饮东坡醒复醉』点明夜饮的地点和醉酒的程度，醉而复醒，醒而复醉，自然就回家很晚了。

『归来仿佛三更』传神地勾勒词人醉眼蒙眬的醉态，表现纵饮的豪兴与诗人豪放旷达的心境。末三句写的是词人到达家门口的情景，家童早已睡着，敲门不应，只能『倚杖听江声』。至此一句，即勾勒出一个胸襟旷达、遗世独立的君子形象，表现了词人达观的人生态度，超旷的精神世界，以及独特的个性和真情。上片以动衬静，词人写家僮鼻息如雷和江声，从而反衬出夜深人静的现实世界，暗喻自己历尽宦海浮沉的浩茫心事和孤寂心情，惹人浮想联翩，为下片的人生反思做好了铺垫。

下片以一声慨叹『长恨此身非我有，何时忘却营营』开篇，化用了庄子『汝身非汝有也』『全汝形，抱汝生，无使汝思虑营营』之言，是词人对现实人生的思索和感叹，这种想要解脱而又无法解脱的人生困惑和感伤，既饱含哲理又直抒胸臆，是全词的枢纽。『夜阑风静縠纹平』，看似写景的寻常句子，实则亦景亦情，词人心与景会，神与物游，想要脱离现实社会和追求宁静安逸，于是倚靠江边，情不自禁地唱道『小舟从此逝，江海寄余生』，抒发了厌倦官场奔竞，希望回归自然，寄余生于江海的心愿。宋叶梦得《避暑录话》有言：『所谓「夜阑风静縠纹平。小舟从此逝，江海寄余生」者，与客大歌数过而散。』

全词不假修饰，直抒胸臆，融景、情、理于一体，风格飘逸洒脱，颇能体现东坡词的艺术特色。

定风波

苏轼

三月七日，沙湖道中遇雨。雨具先去，同行皆狼狈，余独不觉。已而遂晴，故作此词。

莫听穿林打叶声，何妨吟啸且徐行。竹杖芒鞋轻胜马[①]，谁怕？一蓑烟雨任平生。

料峭春风吹酒醒，微冷，山头斜照却相迎。回首向来萧瑟处[②]，归去，也无风雨也无晴。

【注释】

①芒鞋：草鞋。②向来：刚才。

【赏析】

本篇为醉归遇雨抒怀之作。词人借雨中潇洒徐行之举动，表现虽处逆境屡遭挫折而不畏惧不颓丧的倔强性格和旷达乐观情怀。

词的上片以『莫听穿林打叶声』开篇，一方面写出了风大雨疾的情景，一方面又以『莫听』二字写出外物不足萦怀之意，即使雨再大，风再烈，都不会受影响；『何妨吟啸且徐行』承接上句，何不低吟长啸缓步徐行，突显出词人的情趣和兴致。『何妨』二字写出一丝俏皮之意，增添了和雨挑战的意味。前两句是全词的枢纽，以下词句皆是由此发出。『竹杖芒鞋轻胜马』写词人脚穿芒鞋手持竹杖雨中前行的情景，『轻胜马』三字传达出从容之意，『谁怕』二字诙谐可爱，值得玩味；『一蓑烟雨任平生』由眼前风雨进一步写到整个人生，表达了搏击风雨、笑傲人生的喜悦和豪迈。

下片写雨停后的情景，『料峭春风吹酒醒』写醉酒被春风吹醒，暗示雨停。『微冷』，风吹雨停，词人突然感觉有点冷，抬头一看『山头斜照却相迎』，已雨过天晴；『回首向来萧瑟处』，回头看看那刚下过雨的地方，发出感慨：『归去，也无风雨也无晴。』此乃本篇的点睛之笔，道出词人对天气微妙变化的顿悟，表达了词人宠辱不惊的超然情怀。『风雨』二字一语双关，既是大自然的风雨，又暗喻了政治风雨和人生的荣辱得失。

全词即景生情，语言幽默诙谐，值得一读再读。

卜算子·黄州定惠院寓居作

苏轼

缺月挂疏桐，漏断人初静①。谁见幽人独往来②？缥缈孤鸿影。

惊起却回头，有恨无人省③。拣尽寒枝不肯栖④，寂寞沙洲冷。

【注释】

①漏断：漏壶里的水滴尽了，指夜已深了。②幽人：幽居之人，与下句的『孤鸿』都是作者自指。③省（xǐng）：理解，懂得。④拣（jiǎn）：选择。

【赏析】

此篇是词人被贬居黄州后的抒怀之作。词借咏孤雁夜飞抒写政治失意的孤寂忧愤之情，表现词人不同流俗清高自守的品格。

上片写词人独居定惠院的寂寞冷清。『缺月挂疏桐，漏断人初静』营造出一幅夜深人静的画面：残月高高地挂在梧桐树梢，漏壶已尽，夜已深，四周一片寂静。在这样孤寂的夜里，『谁见幽人独往来』，谁能看见那幽居人独自往来呢？他隐约出没，就像那『缥缈孤鸿影』。词人以寥寥笔墨，即将一个独来独往、心思缜密的『幽人』形象描出来。

下片承接上文，专写孤鸿，借孤鸿寄托自己满腹怨恨而又不愿攀龙附凤的情怀。『惊起却回头』一语双关，既可言说孤鸿被惊起而回头，也可言说『幽人』猛回头。而下句『有恨无人省』也是两层意思，一层为孤鸿因无故被惊起，故心怀怨恨，无人理解。另一层意思为词人所思，言自己被贬谪黄州时的孤寂处境。『拣尽寒枝不肯栖，寂寞沙洲冷』写孤鸿选求栖息处的情景，宁愿在沙洲忍受寂寞凄冷，也不愿栖息高枝。词人运用象征的手法表现了自己高洁自许、不愿随波逐流的心境。

江城子·密州出猎

苏轼

老夫聊发少年狂[1]，左牵黄，右擎苍。锦帽貂裘，千骑卷平冈。为报倾城随太守[2]，亲射虎，看孙郎[3]。

酒酣胸胆尚开张，鬓微霜，又何妨！持节云中，何日遣冯唐[4]？会挽雕弓如满月，西北望，射天狼⑤。

【注释】①聊：姑且，暂且。②倾城：举城的人。③看孙郎：三国孙权曾亲自射虎，此处是作者自喻。④持节二句：汉文帝时魏尚镇守云中以拒匈奴，功绩显著。后得罪，得冯唐上书相救。文帝遂遣冯唐持节赦之。此处作者是以魏尚自比，希望朝廷不计自己以前的过失，重新委以重任。⑤天狼：此处是泛指西北边陲进犯之敌。

【赏析】

那一天，作者忽为少年般的豪情和狂放所冲动，他左手牵着黄狗，右手擎着苍鹰，戴锦帽，穿貂裘，带领着大队人马，席卷原野山冈。为了报答全城百姓的相随出猎，他要亲自射虎，仿效当年的孙郎。猎罢开宴，作者酒酣耳热，心胸气魄更加豪放，他抒发了『鬓微霜，又何妨』的激奋，表达出对于重新受到朝廷重用的渴望，而那力挽雕弓，遥望西北，射落天狼的英雄形象，便是他对为国戍边抗敌的未来的慷慨设想。

江城子·乙卯正月二十日夜记梦

苏轼

十年生死两茫茫①，不思量，自难忘。千里孤坟②，无处话凄凉。纵使相逢应不识，尘满面，鬓如霜。

夜来幽梦忽还乡，小轩窗，正梳妆。相顾无言，惟有泪千行。料得年年肠断处，明月夜，短松冈。

【注释】

①十年：作者作此词时，其妻王氏辞世恰已十年。②千里孤坟：王氏死后葬于苏轼故乡眉州眉山，与苏轼当时所在的密州相隔千里。

【赏析】

本词为悼亡词名作，是苏轼怀念亡妻王弗所作。苏轼十九岁时，与四川青神县乡贡进士王方之女——年方十六的王弗完婚。王氏贤良聪慧，终日陪伴苏轼读书，二人情深意切，十分恩爱。宋英宗治平二年（1065年），王氏病逝；熙宁八年（1075年），苏轼到密州任知州。虽时隔十年，他仍然对王弗一往情深，因夜中梦见亡妻，于是写下这首凄楚哀怨的悼亡词。本词开了悼亡词之先河，被推崇为悼亡词中绝唱。

上片抒写对亡妻永远的思念之情和爱妻去世后自己生活的凄凉、辛酸和伤痛。词以十年里双方生死隔绝开篇，直陈对亡妻的怀念之情。『千里孤坟，无处话凄凉』表达了内心无处诉说的苦闷之情。十年来，词人在仕途中颠沛波折，历经忧患，早已是『尘满面，鬓如霜』，恐怕妻子认不出自己了，把对妻子的想念与现实中自己的遭遇联系起来，既道出了死者孤坟的凄凉，也写出了生者的辛酸。

下片写梦会亡妻，妻临窗而坐，对镜梳妆，再现当年闺房生活情景。这样幸福的生活场景，反衬出今日无处无人诉说的悲凉。『相顾无言，惟有泪千行』，刻画梦中悲伤相见的场面，此时酸甜苦辣涌上心头，却相对无言默默凝望，只有泪水簌簌流下千行，表现了深挚的夫妻情意。直到从梦中醒来，词人仍然沉浸在深深的哀痛之中，清冷的明月之夜，长满小松林的坟冈，都是自己思念妻子而柔肠寸断的地方，表达出对亡妻永不能忘怀的浓郁情思。

全词感情凝重，词人将梦境与现实结合在一起，构思巧妙，笔法率直，格调高尚、凄清。

蝶恋花·春景

苏轼

花褪残红青杏小。燕子飞时，绿水人家绕。枝上柳绵吹又少，天涯何处无芳草！

墙里秋千墙外道。墙外行人，墙里佳人笑。笑渐不闻声渐悄，多情却被无情恼。

【赏析】

独自漫步于暮春之初，作者感受着杏树枝头残红落尽、果实初现的盎然生意，放情于燕子低飞徘徊、绿水环绕人家的惬意舒松，既为柳絮渐少这春天将去的征兆而叹惋，也为茂盛葱翠、无处不生的芳草上寄挂的希望而欣慰。由人家院外经过，他看到高出院墙的秋千架，听到了墙内女子游戏的欢笑声，于是驻足停留，陶醉遐想在这天真悦耳的声音中。可惜笑声渐渐隐去，不多时便只剩下满院的寂静。墙内人自是进行着日常的作息，墙外人却感到惆怅懊恼，但这墙内『无情』与墙外人短暂的遇缘，又何尝不是缘起于墙外人的善感多情？

永遇乐·彭城夜宿燕子楼

苏轼

明月如霜，好风如水，清景无限。曲港跳鱼，圆荷泻露，寂寞无人见。紞如三鼓①，铿然一叶，黯黯梦云惊断。夜茫茫，重寻无处，觉来小园行遍②。

天涯倦客，山中归路，望断故园心眼。燕子楼空，佳人何在？空锁楼中燕。古今如梦，何曾梦觉，但有旧欢新怨。异时对③、黄楼夜景④，为余浩叹。

【注释】

①纨（dǎn）如三鼓：三更鼓响。纨：象声词。②觉来：醒来。③异时：将来。④黄楼：苏轼任徐州太守时于彭城东门所建高楼。

【赏析】

本篇为词人夜宿燕子楼感梦抒怀之作。

上片以倒叙笔法写惊梦游园，描写了燕子楼小园无限清幽的『清景』，词人以景生发，融情入景。『明月如霜』『圆荷泻露』的清幽秋夜是梦断后游园所见，抒写了词人平和澄澈的心境。

下片抒写凭吊燕子楼，词人登高远眺，直抒感慨，一个『倦』字写出其内心无限的迷茫与苦闷。面对眼前的燕子楼，不由得发出感叹：『燕子楼空，佳人何在？空锁楼中燕。』词人仅用十三字道尽燕子楼的悲欢离合，以及由这人亡楼空的情景生发起的古今如梦、世事无常的感慨，喟叹世人不曾梦觉，沉溺于旧欢新怨，还表现了词人希望摆脱俗情，追求清高境界的旷达超逸的情怀。

全词熔情、景、理于一炉，虽为追怀名妓之作，但却不写红粉艳情，只用『梦云惊断』稍作点染，借燕子楼抒发对人生的思考和感慨，磊落超旷又不失和婉雅丽。

浣溪沙·游蕲水清泉寺

苏轼

山下兰芽短浸溪①，松间沙路净无泥。萧萧暮雨子规啼②。

谁道人生无再少？门前流水尚能西。休将白发唱黄鸡。

【注释】

①兰芽：兰草新发的嫩芽。②子规：杜鹃。

【赏析】

清泉寺临溪水，溪水向西流淌，溪畔浸生着短短的兰芽，通往寺门的松间沙路净洁无泥。

作者畅游了清泉寺，归来的时候赶上潇潇暮雨，听到杜鹃凄厉的啼声。不过他并没有因此而心生惆怅，倒是振作精神，说出了『谁说人生无再少？门前流水尚能西流，休对白发怨鸡啼』的壮语。

卜算子

李之仪

我住长江头，君住长江尾。日日思君不见君，共饮长江水。

此水几时休，此恨何时已。只愿君心似我心，定不负相思意！

【赏析】

本篇抒写相思深情，是李之仪的代表作，表现的是一个女子怀念情人的深挚缅邈、缠绕无尽的相思情态。词以长江为中心，用民歌句式，以回环复沓手法围绕江水，抒写女子相思的深挚情意和期盼得到心上人相知的心愿。毛晋《姑溪词跋》赞为『古乐府俊语』。

词的上半部分写相思之情。『我』和『君』身居长江头尾，分别日久，久盼却久不见，表达了女子的焦灼与渴盼，隐含着深深的担忧。『我住长江头，君住长江尾』，以江水之长喻指两人的相距之远，点明女子相思之苦的原因；『日日思君不见君，共饮长江水』承接前两句的意思，道出深切的相思之意。长江水既是隔绝两人的相见的障碍，又是维系两人感情的纽带，更是引发女子的相思之物。词人以平淡自然的语言，写出女子内心浓烈而真挚的情感，表现了东方传统女性的内心灼热、外在含蓄的情感发散方式，有着别样的风致与韵味。

词的下半部分直抒胸臆，是爱情的誓言。『此水几时休，此恨何时已』以比兴的手法，将流水与相思之恨连接到一起，暗喻思念之情如江水一样无穷无尽，表达了女子对爱情的矢志不渝和坚贞如一。『只愿君心似我心，定不负相思意』是女子对情郎的期望，虽隐含着担忧，但更显出女子心如磐石、情如江水的忠贞信念。

全词凝练精致，语言通俗，朗朗上口，极富民歌风味。虽只有短短的八句，却运用了大量复叠回环的手法，让人有一唱三叹之感，读来别有韵味，感人至深。

减字木兰花·竞渡

黄裳

红旗高举，飞出深深杨柳渚①。鼓击春雷，直破烟波远远回。

欢声震地，惊退万人争战气。金碧楼西，衔得锦标第一归。

【注释】

①杨柳渚：指生长着杨柳的小洲。

【赏析】

词写端午节赛龙舟的热烈场面。上阕写红旗高举的龙舟从杨柳茂密的小洲中疾驰而出，穿云破雾，来去如电，四面鼓声如雷。下阕写比赛结束时欢声动地，一扫比赛中如箭在弦、如疆场厮杀般的紧张气氛。获胜者在金碧楼西捧得锦标归来，驾龙舟行进于人们面前以示胜利。

眼儿媚

王雱

杨柳丝丝弄轻柔，烟缕织成愁。海棠未雨，梨花先雪，一半春休。

而今往事难重省，归梦绕秦楼。相思只在，丁香枝上，豆蔻梢头。

【赏析】

本词情感细腻缠绵，从春愁写到离愁，抒发了作者既对妻子难以忘怀，又不忍重温往事的矛盾心情。结尾处说相思之情寄挂在丁香枝上、豆蔻梢头，一语双关，不但讲出了思念的无从断绝、遇时而发，也将妻子青春秀雅的样貌隐约其中，意蕴深长，耐人回味。

念奴娇

黄庭坚

八月十七日，同诸生步自永安城楼，过张宽夫园待月，偶有名酒，因以金荷酌众客。客有孙彦立，善吹笛。援笔作乐府长短句，文不加点。

断虹霁雨①，净秋空，山染修眉新绿②。桂影扶疏③，谁便道，今夕清辉不足？万里青天，姮娥

何处[4]，驾此一轮玉？寒光零乱，为谁偏照醽醁[5]？年少从我追游，晚凉幽径，绕张园森木。共倒金荷[6]，家万里，难得尊前相属[7]。老子平生[8]，江南江北，最爱临风笛。孙郎微笑[9]，坐来声喷霜竹[10]。

【注释】

①霁雨：雨停。②修眉新绿：此处用来形容山色如美人新画蛾眉之黛色。③桂影：月中之影。古人以为月上有宫阙，有桂树，故云。扶疏：形容月中桂影斑驳。④姮（héng）娥：嫦娥。⑤醽（líng）醁（lù）：美酒名。⑥倒金荷：倒酒在金荷叶中。⑦属（zhǔ）：劝酒。⑧老子：老夫，诗人自指。⑨孙郎：即序中之孙彦立。⑩霜竹：指笛子。

【赏析】

上阕描绘暮雨过后张园中所见美丽景色：彩虹消散，秋空明净如洗，山峰碧绿如染，不多时月亮升起来了，虽然中秋已过，但清辉不减，月光照着莹澈的美酒。下阕抒情，写当此良辰美景与年轻人们在园中赏月饮酒的畅快惬意，表达出作者得欢便作乐，不以人生得失为意的旷达情怀。

水调歌头·游览

黄庭坚

瑶草一何碧[1]，春入武陵溪[2]。溪上桃花无数，枝上有黄鹂[3]。我欲穿花寻路，直入白云深处，浩气展虹霓。只恐花深里，红露湿人衣。

坐玉石，欹玉枕，拂金徽[4]。谪仙何处[5]？无人伴我白螺杯。我为灵芝仙草，不为朱唇丹脸，长

啸亦何为？醉舞下山去，明月逐人归。

【注释】

①瑶草：仙草。②武陵溪：用陶渊明《桃花源记》故事。③黄鹂：黄莺。④金徽：指代古琴。⑤谪仙：指李白。李白曾被贺知章称为『谪仙人』。

【赏析】

春天来到武陵溪，看到仙草丛生，青翠欲滴。一条清亮的小溪蜿蜒其间，溪旁有桃花无数，枝上有黄鹂的婉转歌唱。作者想要穿过桃花林，寻找那通向白云深处的道路，然后敞开胸怀，让浩气化作彩虹；但却顾虑花海深深，花露会打湿衣衫。他也想坐玉石、倚玉枕、抚瑶琴，畅快地享受悠兴闲情，只可惜潇洒疏狂的谪仙已然远去，没有知音陪伴他饮酒赋诗，笑谈人生。作者说：我是灵芝仙草，孤芳自赏，不愿媚世就俗，但我也不会公然地长啸抗世。一念及此，他仿佛已然确定处世之道，于是在月光的伴照下醉舞下山了。

清平乐

黄庭坚

春归何处？寂寞无行路。若有人知春去处，唤取归来同住。

春无踪迹谁知？除非问取黄鹂。百啭无人能解，因风飞过蔷薇。

【赏析】

怅问过『春归何处』，寂寞的词人凄凄而不知该向何方行路，他说如果有人晓得春天的去处，请将春天唤回同住。

四处找寻不到春天离去的行踪，词人想到去询问逢春而啼的黄莺，黄莺低回高啭地说了许多，但他不解莺语。

一阵风来，莺儿乘风飞入蔷薇丛中，蔷薇花开，说明夏已临，词人也终于清醒地认识到：春天确乎是不会回来了。

鹧鸪天·座中有眉山隐客史应之和前韵即席答之

黄庭坚

黄菊枝头生晓寒，人生莫放酒杯干。风前横笛斜吹雨，醉里簪花倒着冠①。

身健在，且加餐。舞裙歌板尽清欢。黄花白发相牵挽②，付与时人冷眼看。

【注释】

①簪花：以花插头。倒着冠：倒戴着帽子。②黄花：菊花。

【赏析】

由看到清晨菊花枝头显露出的寒意而想到美景不长，继而又联想到人生也是转瞬即逝。然而作者不求有所作为，却强调『莫放酒杯干』。他还要顶风冒雨吹奏横笛，要在酒酣时插花于发、反戴帽子，要趁着身体健康努力加饭加餐，在佳人歌舞的陪伴下尽情欢乐。

头上黄花映衬着斑斑白发，兀傲的作者就要以这副疏狂模样展示在世人面前，任他们冷眼相看。

洞仙歌

李元膺

一年春物，惟梅柳间意味最深。至莺花烂漫时，则春已衰迟，使人无复新意。余作《洞仙歌》，使探春者歌之，无后时之悔。

雪云散尽，放晓晴池院。杨柳于人便青眼①。更风流多处，一点梅心相映远。约略颦轻笑浅。

一年春好处，不在浓芳，小艳疏香最娇软。到清明时候，百紫千红花正乱，已失春风一半。早占取韶光②，共追游，但莫管春寒，醉红自暖。

【注释】

①青眼：指柳叶初生似人眼。②韶光：春光。

【赏析】

本篇为咏春之词。但词人着意歌咏的是梅柳早春，而不是万紫千红的晚春。词人刻意描绘早春梅柳的绰约风姿，认为一年美好之处就在早春梅柳娇软之时，进而抒写赏春要及早、莫怕春寒的生活哲理。

词的上半部分写景，以梅和柳为中心。冬去春来，梅花凋落，柳叶新生，词人把这一季节更替的情景浓缩到一个狭小的空间里，手法高妙。『杨柳于人便青眼』，写柳叶刚刚生出，像美人的眉眼。『青眼』这两个字以物写情，寓情于景。『一点梅心』同样使用拟人手法，与柳眼相对应。词的下半部分写游春所感。『一年』三句，是词人眼中所见的春景，颇具特色。『到清明』三句笔锋陡转，写『万紫千红』的暮春之景，繁华将尽，『已失春风一半』，这一方面仍是反衬早春之美，另一方面更引出『早占取韶光』的劝勉，因为词人认为只有这样才能不负大好春光。这首词主题突出，结构井然。

渔家傲

朱服

小雨纤纤风细细，万家杨柳青烟里，恋树湿花飞不起。愁无际，和春付与东流水。
九十光阴能有几？金龟解尽留无计①。寄语东阳沽酒市，拼一醉，而今乐事他年泪。

【注释】

①金龟：唐武则天时，三品以上官员佩金龟。

【赏析】

这首词伤春惜时，是词人早年出知婺州（今浙江金华）时所作。

词的上半部分写景，景中含情。起首两句写小雨淅沥、微风细细、青烟阵阵、杨柳依依，一派朦胧凄美的初春图景。接下来三句特写『落花』。词人寓情于景，以湿花之恋树喻人心之惜春。『恋树湿花飞不起』，妙笔生花。飞花尚且贪恋杨柳，更况人乎？美好的春天就要悄然逝去了，连落花都生离树之愁，人的忧愁更可想而知，『愁无际』即是言此二愁。词的下半部分写词人留春不住，满怀愁怨。『九十』两句，出自贺知章金龟换酒酬李白的典故，写词人把酒留春。季节的更迭虽是大自然的普遍规律，但从更深的层次上说，佳人韶华不再、志士壮志难酬，不免让人感慨。最后三句写词人借酒消愁，欲以一醉换得暂时的解脱、欢愉。收尾一句，乐极生悲，别有感怀。本词清丽俊美，是词人最喜爱的作品。最后两句蓄意深沉，言有尽而意无穷，尽显浩渺愁思。

青门饮·寄宠人

时彦

胡马嘶风，汉旗翻雪，彤云又吐①，一竿残照。古木连空，乱山无数，行尽暮沙衰草。星斗横幽馆②，夜无眠、灯花空老。雾浓香鸭③，冰凝泪烛，霜天难晓。

长记小妆才了④。一杯未尽，离怀多少。醉里秋波，梦中朝雨，都是醒时烦恼。料有牵情处，忍思量⑤，耳边曾道：甚时跃马归来⑥，认得迎门轻笑。

【注释】

①彤云：下雪前密布的阴云。②幽馆：幽寂的馆舍。③香鸭：鸭形的熏香炉子。④小妆：简单的梳妆。⑤忍思量：怎忍思量。⑥甚时：什么时候。

【赏析】

此词为作者出使辽国途中所作，寄托的是对于佳人的思念之情。上阕写北国风光，极力渲染那里空旷萧索、惨淡荒凉的景况，抒发出作者于行役之中寂寞凄凉的情怀。下阕回忆与佳人离别时难分难舍的情景，诉说分别后对她魂系梦牵、无从逃躲的相思之苦。结句直引分别时佳人附耳小语：到时候跃马归来啊，可一定要记得我迎门望你的微笑。情深意浓，含味不尽。

望海潮·洛阳怀古

秦观

梅英疏淡①，冰澌溶泄②，东风暗换年华。金谷俊游③，铜驼巷陌④，新晴细履平沙。长记误随车⑤。正絮翻蝶舞，芳思交加⑥。柳下桃蹊⑦，乱分春色到人家。

西园夜饮鸣笳。有华灯碍月[8]，飞盖妨花[9]。兰苑未空，行人渐老，重来是事堪嗟[10]！烟暝酒旗斜[11]。但倚楼极目，时见栖鸦。无奈归心，暗随流水到天涯。

【注释】

①梅英：梅花。②澌（sī）：冰。③金谷：金谷园，为晋人石崇所建，著名的饮宴游乐之处。俊游：指与诸俊杰同游。④铜驼巷陌：指铜驼路，因竖有铜驼而得名。⑤误随车：因车水马龙而跟错了车子。⑥芳思：春思。⑦桃蹊：两边种着桃花的小路。⑧华灯碍月：形容灯光明亮，连月亮也因之失去了光辉。⑨飞盖：飞驰的华舆。⑩是事：事事，每件事。⑪烟暝：指日近黄昏，暮烟霭霭。

【赏析】

冬去春来，年华暗换，词人忆起昔日与好友同游名都佳园，赏览春光的轻松惬意，忆起共饮西园的纵情欢乐，不禁感慨系之。佳园依旧，但人渐衰老，故地重游，事事皆堪哀叹。昏暗的暮烟中，一帘酒旗斜挑，倚楼极目处，时见晚鸦归巢。晚鸦归巢，词人思归之情，也『暗随流水到天涯』。

八六子

秦观

倚危亭，恨如芳草，萋萋刬尽还生[1]。念柳外青骢别后[2]，水边红袂分时[3]，怆然暗惊[4]。无端天与娉婷，夜月一帘幽梦，春风十里柔情[5]。怎奈向，欢娱渐随流水，素弦声断，翠绡香减，那堪片片飞花弄晚，濛濛残雨笼晴。正销凝，黄鹂又啼数声。

【注释】①刬：同『铲』。②青骢（cōng）：淡青色的马。③红袂（mèi）：红袖。④怆（chuàng）然：悲伤的样子。⑤春风句：化用杜牧『春风十里扬州路，卷上珠帘总不如』句意。

【赏析】

独倚高亭，离恨如充满视野的萋萋芳草，除之又发、层出不穷。作者怀念旧日恋人，凄然回想起柳外系马，手执伊人红袖话别的情景，不由得心头一紧，怆然无限。女子虽身为歌妓，却是天生丽质，对自己情深意长。作者永难忘怀月夜下两人相依相悦的一帘幽梦，还有她那走遍十里扬州路都难以找到的柔情。无奈欢娱如流水逝去，她弹奏的清越琴音不可复闻，赠予自己的绿丝巾已然香消翠减，情意凄迷的作者面对落花片片、残雨笼晴的暮色，已经觉得不堪忍受。他正暗自伤神，耳边偏又传来数声莺啼，更增添了许多烦扰。

满庭芳

秦观

山抹微云，天连衰草，画角声断谯门①。暂停征棹，聊共引离尊②。多少蓬莱旧事，空回首、烟霭纷纷。斜阳外，寒鸦万点，流水绕孤村。

消魂。当此际，香囊暗解，罗带轻分。漫赢得、青楼薄幸名存③。此去何时见也？襟袖上、空惹啼痕。伤情处，高城望断，灯火已黄昏。

【注释】①画角：军中号角。谯（qiáo）门：城门上的望楼。②聊共：姑且一同。离尊：离别之酒。③薄幸：薄情寡义。

【赏析】

本篇为词人写离情别恨名篇。词着意描绘秋日黄昏与恋人分别时的凄凉伤痛的情景，融入了词人仕途蹭蹬的身世之感。

上片主要写景，寓情于景。开篇三句描写眼前的景色，为抒发离愁做铺垫。『暂停』两句笔锋一转，回到眼前的宴席上，点明离别的主题。但出乎意料的是，词人并没有继续写宴席，而是开始回忆旧情往事。最后三句，词人再次调转笔头，把目光伸到远方。下片主要抒情，情景交融。前四句写解囊赠别时的情景。『消魂』二字承上启下，既是上片的延续，又领起下片的描写。『谩赢得、青楼薄幸名存』是词人想象他和心上人被迫分离后，世人对他的评价，表达了他内心知音难觅的深深的无奈之情。『此去何时见也？襟袖上、空惹啼痕』是词人对别后相思之情的想象。结尾三句，词人把思绪拉回到残酷的现实中，其愁苦不言而喻。全词一个很大的特色是，把深深的离愁别恨寓于惨淡伤感的晚秋景色中，情景交融、景中见情。全词凄婉凝重，清丽精工。

江城子

秦观

西城杨柳弄春柔，动离忧，泪难收。犹记多情、曾为系归舟。碧野朱桥当日事，人不见，水空流！

韶华不为少年留，恨悠悠，几时休？飞絮落花时候一登楼。便作春江都是泪，流不尽，许多愁。

【赏析】

轻柔婀娜的西城杨柳，牵动了作者的离愁，他潸然落泪，不能自已，情不自禁地回忆起多情柳丝曾将自己归去的小舟缠绊挽留。

他曾在这里和情人漫步绿野、相候朱桥，只是故地重游，昔人已不见，唯有一江春水空自流淌。

美好的青春不为少年留，作者心中有愁恨悠悠；他在这飞絮落花的暮春时节登楼怅望，叹息哪怕眼前的江水全部化作泪水，也流不尽自己的许多愁。

鹊桥仙

秦观

纤云弄巧，飞星传恨，银汉迢迢暗度①。金风玉露一相逢②，便胜却人间无数。

柔情似水，佳期如梦，忍顾鹊桥归路！两情若是久长时，又岂在朝朝暮暮。

【注释】

①银汉：指银河。②金风：指秋风。

【赏析】

丝丝彩云变幻成各种图案，那是织女巧手织成的云锦；闪亮的流星飞过银河，替牛、织女二星传递着离愁别恨。七月初七的夜晚，多情的乌鹊架起长桥，那秋风白露中的一次欢聚，便胜过人间的千次万次。

绵绵温情，似水般柔美；相逢的喜悦，把人带入梦境。只是那成就团圆的鹊桥，转眼间便要成为分离的归路，又让人怎忍回顾！

作者说，两人若是真诚相爱，并不一定形影不离、相伴朝朝暮暮。

千秋岁

秦观

水边沙外，城郭春寒退。花影乱，莺声碎。飘零疏酒盏①，离别宽衣带②。人不见，碧云暮合空相对。

忆昔西池会。鹓鹭同飞盖③。携手处，今谁在？日边清梦断④，镜里朱颜改。春去也，飞红万点愁如海。

【注释】

①疏酒盏：多时不饮酒。②离别宽衣带：意谓离别使人消瘦。③鹓（yuān）鹭：比喻品级相差不远的同僚。④日边：指在皇帝身边。

【赏析】

绿水之旁，沙岸之畔，举目一望，城郭内外春寒退去，已是一派『花影乱，莺声碎』的大好春光。作者飘零在外，许久不曾欢饮，人生中一次次的离别，更使他衣带渐宽。孤孤单单的他，此时默然凝望着逐渐合拢的暮云。

作者回忆起往昔与朋友们相聚西池，乘车同游的快乐时光，怅然于这一班曾经携手并肩之人的风流云散，悲叹回京无望、青春老去。

词尾以『春去也，飞红万点愁如海』宣泄内心痛苦，句中的『春』是指作者的人生之春、事业之春。

踏莎行·郴州施舍

秦观

雾失楼台，月迷津渡①，桃源望断无寻处。可堪孤馆闭春寒，杜鹃声里斜阳暮。
驿寄梅花，鱼传尺素②，砌成此恨无重数。郴江幸自绕郴山③，为谁流下潇湘去？

【注释】

①津渡：渡口。②尺素：指书信。③郴（chēn）江、郴山：在今湖南郴州。幸自：本自。

【赏析】

词作寓情于景，以凄迷的暮春景色烘托作者沦落天涯的迷茫、孤苦的心境，以质问郴江为何不安分地环绕郴山而流，却要远下潇湘自嘲身世，旋喻自己本可安贫自守，却因为出仕而卷进政治旋涡。除此之外，作者还写到亲朋的书信不但不能让他感到慰藉，反而让他心中累恨积怨，真实地展现出谪贬之人复杂的内心世界和痛苦的心灵挣扎。

浣溪沙

秦观

漠漠轻寒上小楼，晓阴无赖似穷秋①。淡烟流水画屏幽。
自在飞花轻似梦，无边丝雨细如愁。宝帘闲挂小银钩。

【注释】

①无赖：无可奈何。穷秋：深秋。

【赏析】

这是一首闺怨词，写一个年轻女子在初春时节滋生淡淡愁绪，字里行间流露出浓浓的忧思。上片写天气与室内环境的凄清，通过写景渲染萧瑟的气氛，不言愁而愁自见。起首一句『漠漠轻寒上小楼』，笔意轻灵，如微风拂面，让人不自觉地融入其中，为全词奠定了一种清冷的基调。下片以抽象的梦和愁来比喻飞花与细雨，写出愁的绵长，也极新颖贴切。绵绵细雨，明明是密密的，却又轻轻地，如同飞花，使一切都陷入迷蒙之中，恍若梦境。这不就是词人心绪的真实写照吗？一样的惆怅，一样的无边无际，一样的细碎，交织在一起，说不清道不明。

全词虽然没有明显描绘主人公愁苦的句子，我们却分明可以清楚地看见隐藏在她内心的悲伤。『自在飞花轻似梦，无边丝雨细如愁』二句，历来备受赞赏，被誉为『奇语』。全词情溢言外，含蓄不尽。

行香子

秦观

树绕村庄，水满陂塘①。倚东风，豪兴徜徉②。小园几许，收尽春光。有桃花红，李花白，菜花黄。

远远围墙，隐隐茅堂。飏青旗③，流水桥傍。偶然乘兴，步过东冈。正莺儿啼，燕儿舞，蝶儿忙。

【注释】

①陂（bēi）塘：池塘。②徜（cháng）徉（yáng）：自由自在来回地走动。③飏（yáng）：飞扬，飘扬。

青旗：青色的酒幌子。

【赏析】

树绕村庄，水满池塘，在东风的吹拂下，词人意兴满怀，自在闲游。路过的园子虽然不大，但收尽春光，园子里桃花红，李花白，菜花黄。

远远地看到围墙，围墙中隐约坐落着几间茅屋，向那里走去，小桥流水，飘扬的酒旗也随之一一清晰起来。因为兴致不减，词人走过了东面的山冈，那里啊，莺啼燕舞，蜂蝶儿正忙，一派大好春光。

半死桐·思越人

贺铸

重过阊门万事非①，同来何事不同归？梧桐半死清霜后，头白鸳鸯失伴飞。

原上草，露初晞②，旧栖新垅两依依③。空床卧听南窗雨，谁复挑灯夜补衣！

【注释】

①阊门：指苏州西门，作者旧居所在。②露初晞（xī）：意谓露水刚刚为太阳所蒸干。③垅：坟头。

【赏析】

作者重游旧居阊门，触景思人，想起曾随自己游宦至此却未得同归的妻子，不由得悲从中来。他以半死梧桐、失伴鸳鸯比喻如今的自己，足见其对亡妻的一往情深和失去妻子后难以自拔的悲痛。

清晨，青草上的露水很快被初阳晒干，作者感慨人生短暂有如朝露转瞬即逝；面对着依依相望的妻子新坟和旧时居所，则更令他肝肠寸断。夜晚，他躺在空空的床上听窗外的风雨，伤叹妻走以后，再没有人挑亮灯烛，于夜深时为自己缝补衣衫。

杵声齐·古捣练子

贺铸

砧面莹[1]，杵声齐，捣就征衣泪墨题。寄到玉关应万里，戍人犹在玉关西。

【注释】

①砧：捣衣石。

【赏析】

捣衣石被磨得晶莹光洁，捣衣声整齐而有节奏，响彻夜空。万千妻子捣罢征衣，用和着相思泪水的墨汁在裹衣的封套上写下丈夫的名字。这包裹传寄到荒凉的玉门关时应已走过万里之遥，让妻子们叹息的，是日夜思念的丈夫还远戍在玉门关西。

芳心苦

贺铸

杨柳回塘[1]，鸳鸯别浦[2]，绿萍涨断莲舟路。断无蜂蝶慕幽香，红衣脱尽芳心苦[3]。

返照迎潮，行云带雨，依依似与骚人语[4]。当年不肯嫁春风，无端却被秋风误。

【注释】

①回塘：曲折的水塘。②别浦：分支的入水口。③芳心苦：莲子味苦，故云。④骚人：诗人。

【赏析】

这是一首咏物寄情的词，所咏者荷花，所寄托的是作者的心志和对身世的感伤。词中的荷花不但体现着红衣苦心、淡香幽远的绝俗风貌，更是独自开放在『回塘』『别浦』这样少有人迹的地方，身处在绿萍深处，蜂蝶不来采，莲女不来摘。遥想作者一生，何尝不似这荷花一般，因本性耿介、不合俗流而寂寂无闻，一任年华空逝；所赖唯是清洁自守、孤芳自赏。夕阳西下时，当晚潮涨起，天边一抹行云又夹带着寒雨而来，那随波摇曳的荷花仿佛要向作者诉说些什么。作者说那是它在叹息自己当年未随春风之便而展露芳容于人间，待到放下矜持，想要伺时绽放却暗惊秋风已至。这是荷花的悲哀吗？——这是作者的悲哀。

青玉案

贺铸

凌波不过横塘路①，但目送、芳尘去。锦瑟华年谁与度②？月桥花院，琐窗朱户③，只有春知处。

飞云冉冉蘅皋暮④，彩笔新题断肠句。试问闲情都几许？一川烟草，满城风絮，梅子黄时雨。

【注释】

①凌波：形容女子脚步轻盈，飘移如履水波。②锦瑟华年：唐李商隐《锦瑟》有：『锦瑟无端五十弦，一弦一柱思华年。』③琐窗：为雕刻或绘有连环形花纹的窗子。④冉冉：渐渐地。蘅皋：长满香草的高地。

【赏析】

轻盈的脚步不曾移向自己所居住的横塘，作者只得无可奈何地目送她远去，他猜想着她的青春年华会与何人一起度过，他觉得她一定住在有小桥、有鲜花、有精致房屋的庭院里，并且，只有春天才知道那庭院在哪里。

不晓得痴立了多久，但回过神来，只见飞云冉冉飘过，暮色已然苍茫。作者提起多情妙笔写下惆怅的词句，词中自问闲愁几许，还以比喻作答：如遍地春草弥望无际，如满城风絮铺天彻地，如绸缪浓密、挥散不尽的梅子黄时雨。

六州歌头

贺铸

少年侠气，交结五都雄①。肝胆洞②，毛发耸。立谈中，死生同，一诺千金重。推翘勇③，矜豪纵，轻盖拥，联飞鞚④，斗城东。轰饮酒垆，春色浮寒瓮，吸海垂虹。间呼鹰嗾犬⑤，白羽摘雕弓，狡穴俄空。乐匆匆！

似黄粱梦，辞丹凤⑥，明月共，漾孤篷。官冗从⑦，怀倥偬⑧，落尘笼，簿书丛⑨。鹖弁如云众⑩，供粗用，忽奇功。笳鼓动，渔阳弄⑪，思悲翁。不请长缨⑪，系取天骄种⑬，剑吼西风。恨登山临水，手寄七弦桐⑭，目送归鸿。

【注释】

①五都：泛指宋朝的各大都市。②肝胆洞：真诚以待，肝胆相照。③翘勇：骁勇。④飞鞚（kòng）：

马飞驰。鞚：马笼头，借指马。⑤嗾（sǒu）：发出声音来指示狗。⑥丹凤：指代京城。⑦冗从：散职侍从官。⑧倥偬：指奔波劳苦。⑨簿书丛：指堆积的官府文书。⑩鹖（hé）弁（biàn）：以鹖羽为装饰的武士冠。⑪笳鼓二句：指边事已起。渔阳：用安禄山自渔阳起兵反叛事。⑫请长缨：西汉终军二十多岁时曾请缨抓回南岳王。⑬天骄种：指胡族。⑭七弦桐：指琴。

【赏析】

词人少年侠义，爱好结交各地的英雄。朋友间一诺千金，肝胆相照，生死与同。他们或在京城之东竞争骁勇，矜夸豪纵，轻车相从，并马飞驰；或在酒垆鲸吸虹饮，谈笑喧嚣；或者呼鹰使犬，搭箭弯弓，将狡兽巢穴猎取一空。

快乐匆匆，好似黄粱一梦，作者后来离开汴京，孤独漂泊，如今身居散职，整日为尘俗事务束缚，陷入了繁杂的文书堆中。他感叹芸芸武将，都只做些无意工作，无法建功立业；他得知边烽已起，自悲报国无门，连身边的宝剑似乎也在为主人愤愤不平。无可奈何之下，作者登山临水，弹起瑶琴，寄出自己心中的感情。

石州引

贺铸

薄雨初寒，斜照弄晴，春意空阔。长亭柳色才黄，远客一枝先折。烟横水际，映带几点归鸦，东风消尽龙沙雪[①]。还记出关来，恰而今时节。

将发。画楼芳酒，红泪清歌，顿成轻别。回首经年，杳杳音尘多绝。欲知方寸[②]，共有几许清愁？

芭蕉不展丁香结③。枉望断天涯，两厌厌风月④。

【注释】

①龙沙：指塞外。②方寸：指心。③丁香结：丁香的花蕾。古人常以丁香结喻愁思凝结之状。④厌厌：精神不振的样子。

【赏析】

这是一首相思怀人之作。上片写景，景中含情。开篇三句总写，点出时间节气。『弄晴』二字，写骤雨初歇，斜阳西挂，人间万物焕然一新，满目山河春意盎然。随后开始细写，按从远到近的顺序渲染景色——柳色新黄，离人先折，烟横水漫，归鸿点点。『东风』一句，笔势一折，写塞北春光。结尾两句，总揽一笔，使前文所绘之景虚实莫辨，隐含着词人思绪流动的痕迹。『出关』承上启下，同时也点出这是造成自己和情人千里相隔的因由，金针暗度，堪称妙笔。下片写别情离恨，浩渺愁思。首句上承『还记』，写饯别的情景。『将发』二字，精短传神；然后写相思之情，一别经年，音信断绝。随后写离恨，以问句引出，化用前人诗句。最后以两个比喻作答：『芭蕉不展』言愁绪难消；『丁香结』写愁心深锁，化无形为有形，生动形象。最后两句更进一层，两人千里相隔，音书难寄，再会无期，个中愁怨，自然令人『憔悴』，甚至连『风月』也被离愁所笼罩，这既突出了离愁之深广，又与上文的景物描写相呼应，情景交融。

思越人

贺铸

紫府东风放夜时①，步莲秾李伴人归②。五更钟动笙歌散，十里月明灯火稀。

香苒苒，梦依依，天涯寒尽减春衣。凤凰城阙知何处，寥落星河一雁飞。

【注释】

①紫府：指京城。②步莲：莲步，形容女子步姿娇美。秾李：形容美人容貌如同秾艳的李花。

【赏析】

京城繁华热闹之景，莫过于元夜。而这夜的景象和人物，又给词人留下了最深刻美好的印象：佳节夜晚，京城解除了宵禁，花市赏灯之后，又有美人依伴，相携归来。然后是彻夜的歌舞欢乐，直到五更钟响，人们四散而去。明月朗照着十里长街，人声悄静，灯火稀疏。

从似梦般的回忆中醒来，面对的是流落天涯的现实。在这暮春时节的黎明，词人叹息京城迢递，难以回归。在晨星寥落、晨光熹微的天幕下，一只失群的大雁在孤单地飞翔。

南柯子·忆旧

仲殊

十里青山远，潮平路带沙。数声啼鸟怨年华，又是凄凉时候在天涯。

白露收残月，清风散晓霞。绿杨堤畔问荷花：记得年时沽酒那人家？

【赏析】

远方是十里青山，绵亘不断，脚下是与潮水平齐的道路，路上满是退潮时遗留的泥沙。有鸟鸣传来，仿佛向人们诉说着年华易逝的伤感，词人满怀凄凉，又一次于凄凉时候漂泊在天涯。

晨露晶莹，残月随之被送走；晓风清爽，吹散了天边的朝霞。走到那似曾相识绿杨堤畔，词人询问起塘中盛开的荷花：你还记得那年到此买酒喝的那个人吗？

诉衷情·宝月山作

仲殊

清波门外拥轻衣，杨花相送飞。西湖又还春晚，水树乱莺啼。

闲院宇，小帘帏，晚初归。钟声已过，篆香才点[1]，月到门时。

【注释】

①篆香：有篆字形图案的香炉。

【赏析】

宝月山与西湖清波门相邻近，仲殊和尚将薄衫搭在手臂上，在飘飞杨花的相送下，由清波门而归宝月山；这西湖边的春晚，是长堤烟树，是燕语莺啼。

回来宝月山居所，庭院闲静，帘帷低垂，寺僧们都已安然就寝。这归来的时间，是寺院的钟声已经响过、是篆香吐出第一缕青烟、是月照轻悄地移入了门内的时候。

摸鱼儿·东皋寓居

晁补之

买陂塘、旋栽杨柳[1]，依稀淮岸湘浦。东皋嘉雨新痕涨[2]，沙嘴鹭来鸥聚。堪爱处。最好是、一川夜月光流渚。无人独舞。任翠幄张天，柔茵藉地[3]，酒尽未能去。

青绫被[4]，莫忆金闺故步[5]，儒冠曾把身误。弓刀千骑成何事？荒了邵平瓜圃[6]。君试觑[7]。满青镜、星星鬓影今如许。功名浪语。便似得班超⑧，封侯万里，归计恐迟暮。

【注释】

①陂（bēi）塘：水塘。旋：随即。②东皋：指水边的向阳高地。③藉（jiè）地：铺地。④青绫被：供高官使用的被子。⑤金闺：即金马门，汉代官员于金马门外候旨听宣。⑥邵平：秦人，秦亡后隐居在长安城东种瓜。⑦觑（qù）：仔细地看。⑧班超：西汉名将，曾建功于西域，召还时已经年逾七十。

【赏析】

买池塘，栽杨柳，将斯地布置得仿佛淮水岸边。每逢好雨过后，池面涨起，沙洲上鸥鹭聚集，景色甚是喜人。

作者最爱夜来明月流光，川渚生辉。他会在月下独舞，头上是遮天的树荫，脚下是绵软的草地，直叫人酒尽而不忍离去。

经历了宦海沉浮，如今的作者欲要忘掉仕途故步，他现在认为读书做官无甚意义，只会荒芜了家中园圃。面对镜中星星点点白发，作者感慨岁月蹉跎，功名尽是空话。他说，即便能像班超那样建功西域，也不过落得个迟暮之年才得以返归故里。

盐角儿·亳社观梅

晁补之

开时似雪，谢时似雪，花中奇绝。香非在蕊，香非在萼①，骨中香彻。

占溪风，留溪月，堪羞损、山桃如血。直饶更、疏疏淡淡②，终有一般情别。

【注释】

①萼（è）：花萼。②直饶：即使，尽管如此。

【赏析】

词写白梅。作者赞白梅开似雪，落似雪，是花中奇绝，还赞它清香不从蕊中来，不从萼中来，而是香彻花骨。在作者看来，一株溪边迎风而立、身洒月光的白梅可令如血般鲜艳夺目的山桃黯然失色。而况它疏疏淡淡，别有一番风姿神韵。

秋蕊香

张耒

帘幕疏疏风透，一线香飘金兽①。朱栏倚遍黄昏后，廊上月华如昼。
别离滋味浓于酒，著人瘦。此情不及墙东柳，春色年年如旧。

【注释】

①金兽：兽形的铜香炉。

【赏析】

风儿从稀疏的帘幕间微微透进来，屋里的铜香炉吐着一缕香烟。在黄昏后心怀愁绪地徘徊闲走，倚遍了庭院中的红色栏杆，不经意间注意到，明亮的月光已将屋廊照得如同白昼。深深叹息别离的滋味比酒更浓，让人日渐憔悴消瘦。与她的这一段感情尚不能比墙东垂柳，年年春天来临，柳色青青依旧。

临江仙

侯蒙

未遇行藏谁肯信，如今方表名踪。无端良匠画形容，当风轻借力，一举入高空。

才得吹嘘身渐稳，只疑远赴蟾宫。雨余时候夕阳红，几人平地上，看我碧霄中。

【赏析】

从前深藏不露是因为无所遇合，如今刚刚显现了名声和踪迹。谁知优良的工匠为自己画上了容貌，『风筝』于是要乘着风力，一举飞入高空。他越飞越稳，越飞越高，仿佛用不了多时就可到达那让人神往的月宫。而当雨过天晴，夕阳盛美，世人要站在平地上，看『风筝』要高挂碧空中。

瑞龙吟·大石春景

周邦彦

章台路①，还见褪粉梅梢，试花桃树。愔愔坊陌人家②，定巢燕子，归来旧处。

黯凝伫，因念个人痴小，乍窥门户。侵晨浅约宫黄③，障风映袖④，盈盈笑语。

前度刘郎重到⑤，访邻寻里，同时歌舞。惟有旧家秋娘⑥，声价如故。吟笺赋笔，犹记燕台句⑦。知谁伴、名园露饮，东城闲步？事与孤鸿去，探春尽是，伤离意绪。官柳低金缕⑧，归骑晚，纤纤池塘飞雨。断肠院落，一帘风絮。

【注释】

①章台：妓女住所的代称。②愔愔：安静无声。③宫黄：宫中用的黄色眼影粉。④障风：披风。⑤前度刘郎重到：唐刘禹锡《再游玄都观》有『前度刘郎今又来』句，此处引来是说作者自己故地重游。⑥秋娘：

歌妓的代称。⑦燕台句：李商隐诗题名，此指赠诗。⑧低金缕：指柳枝低垂。

【赏析】

梅花残、桃花发的时节，走在烟花巷陌，寻访那熟悉的院落。院落寂静无人，唯见燕子飞来旧巢，作者痴立良久，黯然怀想着初见那个可爱的小人儿时的情景。那是一次偶然的相遇，他于清晨时分路过这里，被倚门而立的她所吸引，鹅黄色的眼影，眉目间盈盈的笑意，举袖挡风时的秀逸风姿……

如今归来，访邻寻里，与她同时歌舞的歌妓，也只有一人还在这里，维持着往日的声价。怅然中，作者轻吟着当初为她写下的诗句，猜想着她此时正在某个地方陪伴着某个人，就像当初陪伴他一样，在名园露天饮宴，在城东漫步闲游，心里好不悲伤。傍晚时候，下起了纤纤细雨，失意满怀的作者终于无可奈何地离去，剩下空空的院落，还有些许附着在帘栊之上的无根飞絮。

满庭芳·夏日溧水无想山作

周邦彦

风老莺雏，雨肥梅子，午阴嘉树清圆。地卑山近，衣润费炉烟。人静乌鸢自乐，小桥外、新绿溅溅。凭阑久，黄芦苦竹，疑泛九江船。

年年，如社燕①，飘流瀚海，来寄修椽②。且莫思身外，长近尊前。憔悴江南倦客，不堪听、急管繁弦。歌筵畔，先安簟枕，容我醉时眠。

【注释】

①社燕：春来秋去的燕子。②修椽（chuán）：支持屋顶盖的长木。

【赏析】

黄莺在夏风中逐渐变得成熟，梅子吸足了雨水，结得肥嫩而硕大。溧水这个地方，地低而近山，此时又值黄梅季节，湿气浓重，要使衣服干爽一些少不得费去许多炉火。正午，窗外的树荫望之亭亭如盖，人儿闲静，鸟儿自得其乐，绿水流过小桥，奔泻得愈发欢快。

虽有幽美的景物，但黄芦苦竹也是随处可见，结合流徙身世，作者恍如正在白乐天『住近湓江地低湿，黄芦苦竹绕宅生』的诗中，悲愁随即汹涌而来，他开始叹息身如社燕，四处漂泊寄居。

杜甫诗云：『莫思身外无穷事，且尽尊前有限杯。』作者决定如此散愁，但不料以酒消愁愁更愁，即使面前丝竹纷呈也无心欣赏，只能在筵旁先设枕簟，准备一醉了之。

苏幕遮

周邦彦

燎沉香，消溽暑①。鸟雀呼晴，侵晓窥檐语②。叶上初阳干宿雨③。水面清圆，一一风荷举。

故乡遥，何日去？家住吴门，久作长安旅。五月渔郎相忆否？小楫轻舟，梦入芙蓉浦。

【注释】

①溽（rù）暑：潮湿闷热。②侵晓：拂晓。③宿雨：昨夜的雨。

【赏析】

夏日晨起，燃起沉香一支，驱散闷热的湿气。这时候，屋檐上的鸟雀们开始躁动起来，它们叽叽喳喳地聒噪着，报告着天晴的消息。阳光从空中直射下来，将荷叶上残留着的夜雨轻轻蒸干。池塘里，望去，满是一顶顶挺直了腰身的绿色小伞，微风吹来，清香阵阵。

作者由此想到家乡吴地的『十里荷花』，此时一定更加的嫣然可爱，他还思忖着家乡的友朋是否会想念自己，然后惆怅长久羁滞在外，不知何日才得回归。想着想着，他沉沉睡去，于梦中驾舟荡桨，前往那久违了的家乡荷塘。

少年游

周邦彦

并刀如水①，吴盐胜雪②，纤手破新橙。锦幄初温，兽烟不断③，相对坐调笙。

低声问：向谁行宿？城上已三更。马滑霜浓，不如休去，直是少人行。

【注释】

①并刀：并州出产的刀，以锋利著称。②吴盐：吴地出产的盐。③兽烟：兽形香炉里冒出的香烟。

【赏析】

先是光洁如水的并刀，晶莹似雪的吴盐，而后是正在破开新橙的纤纤玉手，再后是织锦的床帷，香烟袅袅的金兽，最后才将相对而坐，男子调弄笙管，女子听音校准的情景呈现在读者眼前。上阕的写作手法有如一台由细节到全景的摄影机，着重突出着词中人高雅舒适的生活。下阕直录女子话语，她低声问他：已经三更了，你还要到哪里去住啊？继而又自语道：外面霜气正浓，连个人影都没有，就是现在出去，马儿也会打滑呀。——你不如就不要走了吧？短短几语，已将女子试探的神情，深深的关切，满心的期待完现出来，惟妙惟肖，呼之欲出。

夜游宫　周邦彦

叶下斜阳照水，卷轻浪、沉沉千里。桥上酸风射眸子。立多时，看黄昏，灯火市。

古屋寒窗底，听几片、井桐飞坠。不恋单衾再三起。有谁知，为萧娘，书一纸。

【赏析】

本篇为怀人词。词描写主人公在深秋黄昏伫立桥上凝望，久久不动，表现其心事重重，结尾才点明此番情状是因为接到了情人的一封书信。结构巧妙，颇见匠心经营之功力。

上片写主人公黄昏时伫立桥头，极目远眺的情景。开始两句，词人描写了眼前的深秋黄昏景色，只见枯叶飘零，斜阳残照，水面上泛起细微的鳞波，溪流缓缓地流向远方。这两句点明了时间和地点：深秋时节，饱受思念之苦折磨的主人公越发觉得愁苦不堪，心中的愁思绵绵不尽。后面的四句写词人静静地伫立在桥上，在萧瑟的秋风中凝望着不远处已是华灯初上的闹市，久久不愿离开。从场景描写上来看，上片着重描写的是室外景物，笔墨亦粗亦细、或浓或淡，将一幅夕阳西下，一个受相思之苦的人，不顾萧瑟秋风的侵袭，伫立桥上远眺的画面刻画得极其传神。从『斜阳照水』到『灯火市』，时间从午后推至黄昏最后到夜晚，其表达的感情也随着时间的推移逐步加深。

下片写室内情景，词人深夜独处，辗转不能寐。开始三句写夜晚之寂静，静到连庭院里的梧桐树叶飘落的声音都能听见。此时，词人已经回到屋里，只有古屋寒窗陪伴着他，因此他翻来覆去，无法入睡。夜的静，烘托出人的孤寂，反过来又更加体现了内心的不平静，深化了感情。『不恋单衾再三起』一句，点明本篇的主旨。『单衾』暗指词人一个人孤孤单单；『再三起』三字，把词人心神不宁、辗转难眠的情景刻画得形象逼真，揭示了他复杂的内心活动。最后三句，写这些情绪都是因为收到了情人的一封信。

本词以时间的转换为线索，由午后写到黄昏，由黄昏写到入夜，再由入夜写到深夜，场景也不断发生变化，从室外到室内。就在这些转换中，词人的情感不断加强，直到篇尾迸发出来。

解语花·上元

周邦彦

风销焰蜡，露浥红莲①，花市光相射。桂华流瓦②，纤云散，耿耿素娥欲下③。衣裳淡雅，看楚女、纤腰一把。箫鼓喧，人影参差，满路飘香麝。

因念都城放夜④。望千门如昼，嬉笑游冶。钿车罗帕⑤。相逢处，自有暗尘随马。年光是也⑥，惟只见、旧情衰谢。清漏移⑦，飞盖归来，从舞休歌罢。

【注释】

①浥（yì）：湿。②桂华：古人认为月中有桂树，故以桂华代月光。③耿耿：明亮、光洁。④放夜：宋时京城街道入夜后就禁止行走，正月十五时解除夜禁，称『放夜』。⑤钿车：用金花装饰的车。⑥是也：还是一样。⑦清漏移：谓夜深了。漏：古代的计时工具。

【赏析】

元宵佳节，风动烛焰，露浸花灯，灯市彩光交相辉映，热闹非常。纤云散去，月儿半空低挂，大而明亮，仿佛嫦娥也将翩翩飞下人间。大街小巷，满是衣着素雅、身材曼妙的女子和比肩接踵的游人，街头箫鼓喧闹，空气中弥散着幽香。作者因为眼前的景象而忆起东京汴梁的元宵夜：千家万户灯火通明，男女老幼嬉笑冶游，钿车经过，车上佳人挥帕致意，人群跟随，扬起尘土。而今佳节依旧，但人事已改，旧日情怀无复，作者难免伤怀。夜深后，他无心再观赏灯月，于是驱车疾驰而归，任凭人间一夜歌舞狂欢。

兰陵王·柳

周邦彦

柳阴直，烟里丝丝弄碧。隋堤上、曾见几番①，拂水飘绵送行色。登临望故国②，谁识京华倦客？长亭路，年去岁来，应折柔条过千尺③。

闲寻旧踪迹，又酒趁哀弦，灯照离席。梨花榆火催寒食④。愁一箭风快，半篙波暖，回头迢递便数驿⑤。望人在天北。

凄恻，恨堆积！渐别浦萦回⑥，津堠岑寂⑦。斜阳冉冉春无极。念月榭携手⑧，露桥闻笛⑨。沉思前事，似梦里，泪暗滴。

【注释】

①隋堤：汴京汴河之堤，为隋时所建，故称『隋堤』。②故国：故乡。③柔条：柳枝。④榆火：唐制，清明取榆柳之火赐近臣，以顺阳气。⑤迢递：遥远。⑥别浦：河流入江海之处。⑦津堠（hòu）：渡口守望的高台。⑧月榭：月光遍照的亭榭。⑨露桥：凝结露水的小桥。

【赏析】

词为作者离开汴京时所作。汴河隋堤两岸，杨柳成行，柳丝飘拂，柳绵乱飞。这里的柳色，作者因为送别而看过很多次，这一次，轮到了送自己。他站在高处远望故乡，心中满是客子的疲惫和惆怅。默默地估算着，这堤岸因为送别而折下的柳枝，总也应该超过千尺了。

船儿启程，闲念旧时踪迹，思绪又回到了那令人难以忘怀的一夜——寒食节，在凄凄丝竹声中饮酒，在灯烛闪烁中与她告别。因为留恋着她，作者所以忧愁风顺船疾，回头之间便过数驿，伊人从此远隔。

行渐远，恨堆积，一路说不尽的迂回寂寞，举目所见，夕阳冉冉西下，春色一望无边。作者怀想着与伊人月下携手漫步，在结满露水的小桥共赏悠扬的笛声，感到往事前情恍然如梦。想着想着，泪水已然不知不觉地流了下来。

西河·金陵怀古

周邦彦

佳丽地，南朝盛事谁记①？山围故国绕清江，髻鬟对起②。怒涛寂寞打孤城，风樯遥度天际。

断崖树，犹倒倚，莫愁艇子曾系。空余旧迹郁苍苍，雾沉半垒。夜深月过女墙来③，伤心东望淮水。

酒旗戏鼓甚处市？想依稀、王谢邻里。燕子不知何世，向寻常巷陌人家，相对如说兴亡，斜阳里。

【注释】

①南朝：指建都金陵的吴、东晋、宋、齐、梁、陈六个朝代。②髻（jì）鬟（huán）：环形发髻，此处比喻对起的山峦。③女墙：城上的短墙。

【赏析】

佳美秀丽的金陵啊，有谁还能记得你曾经经历的南朝盛事？青山环抱着旧时的京都，奔腾的长江绕城而流，两岸峰峦宛如佳人髻鬟对起，汹涌江涛年复一年地拍打着孤城，风鼓船帆，片片点缀在遥远的天边。

江畔断崖老树犹在，当年莫愁姑娘曾系小艇于此，只是时移世变，物是人非，而今空留旧迹，一派烟雾迷茫。深夜，月儿越过城头短墙，伤心凝望东流的秦淮河水。

那酒旗招展、戏鼓喧闹的集市是何地方？大概有豪门望族如王、谢者曾经居住，但往日奢华已风流云散，唯燕子不知人世变迁，仍旧向着已经变为寻常百姓居住的普通街巷飞去，它们在斜阳里相对呢喃，好像在诉说着朝代的兴亡和更替。

虞美人

周邦彦

疏篱曲径田家小，云树开清晓。天寒山色有无中，野外一声钟起、送孤篷。

添衣策马寻亭堠①，愁抱惟宜酒。菰蒲睡鸭占陂塘②，纵被行人惊散、又成双。

【注释】

①亭堠：古时观察敌情的岗亭。此借指驿馆。②菰蒲：两种水草名。

【赏析】

清晨行路，树木上方笼罩着轻烟薄雾，树林环抱着几间低小的农舍，篱笆稀疏，小路弯弯。抬头远望，寒气中山色若隐若现，晨钟一声，征人的孤帆随之启程。

加上一件衣服，然后策马扬鞭，寻向下一个驿站，满怀的羁旅行役之愁，作者觉得只能以酒驱散。马儿从菰蒲丛生的池塘经过，惊起一群正在栖息的鸭儿，它们四散飞去，而后又成双成对地落下，引得作者愁眼一番痴看。

玉楼春

周邦彦

桃溪不作从容住①，秋藕绝来无续处。当年相候赤阑桥，今日独寻黄叶路。

烟中列岫青无数②，雁背夕阳红欲暮。人如风后入江云，情似雨余粘地絮。

【注释】

①桃溪：据《幽明录》载，东汉刘晨、阮肇入天台山采药，因饥渴而登山食桃、就溪饮水，于溪边遇到两位仙女，相爱成婚。半年以后，二人思家求归，仙女挽留不住。二人回到家中才知道人世间已经过去三百多年，回到山中再寻仙女，终不复见。②列岫：群山。

【赏析】

没有与她在美丽的桃溪多住些时候，如今不无后悔地慨叹秋藕断来无续处，作者于是走过当年等候她的朱栏小桥，走在黄叶堆积的小路上，苦苦追寻往日的痕迹。但举目所见，烟雾中群山成列，雁背上斜阳欲暮，仅此而已，更让人感到空旷寂寥。作者将她形容为风后入江之云，再也难觅影踪，他说自己此时的情感如同春雨过后粘在地上的柳絮，足见情思纠缠烦乱，无从解脱。

江城子　谢逸

杏花村馆酒旗风，水溶溶，飏残红。野渡舟横，杨柳绿阴浓。望断江南山色远，人不见，草连空。夕阳楼外晚烟笼，粉香融，淡眉峰。记得年时，相见画屏中。只有关山今夜月，千里外，素光同。

【赏析】

上阕写景，多化用前人成句，将江南暮春景色像展开一幅画卷一样地呈现于我们面前，『望断江南山色远，人不见，草连空』几句，初露怀人之情。下阕亦以景起，由景而兴起对佳人面容的回忆，对二人相见情景的回想，继而临月寄情，抒发了对相隔遥远之现实的无奈和希望超越时空求得永恒的情怀。

惜分飞·富阳僧舍代作别语　毛滂

泪湿阑干花着露①，愁到眉峰碧聚。此恨平分取，更无言语空相觑②。断雨残云无意绪，寂寞朝朝暮暮。今夜山深处，断魂分付潮回去。

【注释】

①阑干：栏杆。②觑（qù）：偷视。

【赏析】

这首别离词记录了词人年轻时的一段恋情，通过对昔日离别情景的追怀，抒发了词人对琼芳的思念之情，今昔对比，更显词人此时的凄凉处境。周辉《清波杂志》赞此词：『语尽而意不尽，意尽而情不尽，何酷似少游也。』

词的上半部分写离别时悲伤愁苦、依依难舍的情景。开篇两句是对琼芳的特写，词人化用白居易《长恨歌》中『梨花一枝春带雨』的句意写佳人流泪的情状，既显其伤感，又描其可爱。这一特写式的细节描写逼真传神。

『此恨』句，写面对别离，两人心中都很沉痛。是啊，词人多情，高贵的身份并没有成为他爱上这位红尘女子的障碍，他们全心全意深爱着对方，被离别的痛苦所淹没，泪满衣襟。收尾一句，直接写情，虽然用语质朴，却极富感染力，真切传达出两人当时那种近于痴呆的哀痛。

词的下半部分写别后夜宿深山相思的凄苦，写得缠绵悱恻，一往情深。『断雨』二句从巫山神女的故事中化出，既写琼芳的美丽绝伦，又突出两人爱情的美好，同时也传达出离别以后词人的孤寂情思。收尾两句，是词人对今夜情思的设想：自己虽然身在深山僧舍，但『断魂』却已经吩咐江潮，与故人天涯相伴。情真意切，感人肺腑。

这首词用语浅白，但含蓄深沉，境界尤高，具有极强的艺术感染力。

点绛唇·绍兴乙卯登绝顶小亭

叶梦得

缥缈危亭，笑谈独在千峰上。与谁同赏，万里横烟浪。
老去情怀，犹作天涯想。空惆怅。少年豪放，莫学衰翁样。

【赏析】

年且六旬、业已归田的叶梦得，犹可登临绝顶小亭，笑谈于千峰之上。每到饱览万里江山之时，他心中又总是豪情激荡、壮思不已。无奈任凭老骥志在千里，眼下却只堪伏枥。惆怅之余，他寄厚望于少年人，希望他们能有豪情壮志，致力于报效国家，而不要沦落于衰惫颓唐的老翁模样。

点绛唇

汪藻

新月娟娟，夜寒江静山衔斗。起来搔首，梅影横窗瘦。好个霜天，闲却传杯手①。君知否？乱鸦啼后，归兴浓于酒。

【注释】

①传杯：宴会上传递酒杯。

【赏析】

新月升起，干净而明亮，清寒的夜色中，北斗静挂于远山之上，江水无声流淌。作者从闲睡中醒来，搔了搔自己的头发，目光停在了窗子上映着的几道清瘦梅影之上。

好一个霜天，远离了官场的作者不再受到同僚宴集赏景的邀约，但他却毫无遗憾。因为听过一阵乱鸦啼后，他心中的归隐兴味比酒更浓。

蓦山溪·梅

曹组

洗妆真态①，不假铅华御②。竹外一枝斜，想佳人、天寒日暮。黄昏院落，无处着清香。风细细，雪垂垂，何况江头路。

月边疏影，梦到销魂处。结子欲黄时，又须作、廉纤细雨③。孤芳一世，供断有情愁。消瘦损，东阳也，试问花知否？

【注释】

①洗妆真态：洗净脂粉，露出真实的姿容。②铅华：用来化妆的铅粉。③廉纤：纤细，细微。

【赏析】

本篇为咏梅抒怀之词，全词咏物寓意，婉曲深永，是古诗词众多咏梅之作中的一篇佳作。

上片开头『洗妆真态，不假铅华御』开门见山，直入主题，舍弃了繁杂的铺陈，简洁明朗。接下来，词人继续用直接明快的风格写梅花『竹外一枝斜，想佳人、天寒日暮』。其中，『竹外一枝斜』化用苏轼的诗句『竹外一枝斜更好』，而『天寒日暮』则化用杜甫的诗句『天寒翠袖薄，日暮倚修竹』。『黄昏院落』以下几句描绘了一幅美丽的梅花映雪的图景。读者不仅能见其美，还能闻其香。

词人在下片不再状写梅花之美，转而抒发自己心中的烦闷。『月边疏影』四句中，『疏影』『销魂』『细雨』等词，无不让人感到沉郁。『孤芳一世』以下四句，词人以南朝沈约自况。统观全篇，词人先是用梅花的高洁来表明自己不与他人同流合污的气节，后又用沈约的怀才不遇、郁郁清瘦来表明自己孤傲的性情，最后又转回到花上来，说自己的气节和性情只有梅花知道。末句不是平白直叙，而是巧妙地使用反问手法，使整首词更加生动。

三台·清明应制

万俟咏

见梨花初带夜月，海棠半含朝雨。内苑春、不禁过青门①，御沟涨、潜通南浦。东风静、细柳垂金缕，望凤阙、非烟非雾。好时代、朝野多欢，遍九陌、太平箫鼓。

乍莺儿百啭断续，燕子飞来飞去。近绿水、台榭映秋千，斗草聚、双双游女。饧香更、酒冷踏青路②，会暗识、夭桃朱户③。向晚骤、宝马雕鞍④，醉襟惹、乱花飞絮。

正轻寒轻暖漏永⑤，半阴半晴云暮。禁火天、已是试新妆⑥，岁华到、三分佳处。清明看、汉宫传蜡炬，散翠烟、飞入槐府⑦。敛兵卫、阊阖门开⑧，住传宣、又还休务。

【注释】

①内苑：宫苑。②饧：同『糖』，即麦芽糖。③夭桃：盛开的桃花。④骤：疾驰。⑤漏永：夜长。⑥禁火天：指寒食，清明前一二日。⑦槐府：公侯府第。⑧阊（chāng）阖（hé）：宫的正门。

【赏析】

词以铺叙手法描绘清明节京都的春景和朝野欢庆的喜庆场面，详尽地摹写出当时宫廷、民间于清明节的种种风俗和活动，旨在颂扬当时天下承平、万民和乐的景象。

好事近·渔父词

朱敦儒

摇首出红尘，醒醉更无时节。活计绿蓑青笠，惯披霜冲雪。

晚来风定钓丝闲，上下是新月。千里水天一色，看孤鸿明灭。

【赏析】

作者告别了喧嚣尘世，垂钓于江湖之上，披蓑戴笠，顶霜迎雪，或醒或醉，全凭心意，好不痛快！

当晚来风定之时，他闲支钓竿，望着天上水中两轮新月互相映照，兴致盎然；又放眼千里一色的水天，看明灭隐约之鸿影，凡心尽洗，旋至忘情之境。

相见欢

朱敦儒

金陵城上西楼，倚清秋。万里夕阳垂地、大江流。

中原乱①，簪缨散②，几时收③？试倩悲风吹泪、过扬州④。

【注释】

①中原乱：指其时金兵入侵中原。②簪缨散：金人入侵中原，俘徽、钦二帝，杀掠甚重，王公贵族非死于战乱即是四散逃走。簪缨：官员贵族的帽饰。③收：指收复中原。④倩：托。扬州：其时北宋王朝告终，南宋王朝开始，扬州已成为抗金的前沿阵地。

【赏析】

在一个秋日的傍晚，作者登上金陵城西门的城楼倚栏远眺，但见夕阳余晖铺洒万里，长江之水滚滚东流。

中原已被金人占领，朝臣各自逃散，百姓水深火热，光复大计更是遥遥无期。作者的心情是沉痛而无奈的。他只有请求秋风吹送他的眼泪，越过扬州，给中原人民捎去自己深深的关切和由衷的祝愿。

鹧鸪天·西都作①

朱敦儒

我是清都山水郎②，天教分付与疏狂。曾批给雨支风券③，累上留云借月章。

诗万首，酒千觞，几曾着眼看侯王？玉楼金阙慵归去，且插梅花醉洛阳。

【注释】

①西都：北宋以洛阳为西都。②清都：传说中天帝的宫阙。山水郎：掌管山水胜景的官。③券：凭证。

【赏析】

词人自称是掌管山川胜景的郎官，他说，是天帝赋予了他这般疏狂模样，他曾经拥有支风使雨的权力，也屡次递上流云借月的奏章。做得清诗万首，喝下美酒千觞，热爱自由的词人从不瞩目那些富贵显赫的侯王。他意兴慵懒地走过高大华丽的玉楼金阙，斜插梅花，无拘无束地醉在热闹繁华的洛阳。

减字木兰花·题雄州驿

蒋兴祖女

朝云横度，辘辘车声如水去①。白草黄沙，月照孤村三两家。

飞鸿过也，百结愁肠无昼夜。渐近燕山，回首乡关归路难。

【注释】

①辘辘：车行之声。

【赏析】

清晨，继续被驱赶北行，天上阴云密布，车声辘辘如水流。白天，所见唯有遍地白草、无边黄沙；晚上，常看凄清的月光下，坐落着只有三两户人家的孤寂村庄。看着大雁南去，词人愁肠百结，忧愁不能断绝，无论昼夜。就快要到燕山了，她频频回首顾望家乡，深叹从此以后想要踏上归路便是难上加难。

南柯子

王炎

山冥云阴重，天寒雨意浓。数枝幽艳湿啼红。莫为惜花惆怅，对东风。

蓑笠朝朝出，沟塍处处通①。人间辛苦是三农。要得一犁水足，望年丰。

【注释】

①沟塍（chéng）：田埂。

【赏析】

山色幽暗，阴云密布，细雨濛濛；深红的花儿上聚着晶莹的水珠，犹如几滴清泪挂在少女面颊，煞是惹人怜爱。春光正好，景色令人陶醉，但作者却在此劝诫人们：不要面向东风伤春惜花，惆怅呻吟，你不见农人披蓑戴笠，日日清晨早出，足迹踏遍了沟渠和田埂。他们最为辛苦，而他们全力以赴地耕种灌溉，心中所盼望的就是一个丰收的年成。

燕山亭·北行见杏花

赵佶

裁剪冰绡，轻叠数重，淡着胭脂匀注。新样靓妆，艳溢香融，羞杀蕊珠宫女。易得凋零，更多少、无情风雨。愁苦。闲院落凄凉，几番春暮。

凭寄离恨重重，这双燕，何曾会人言语？天遥地远，万水千山，知他故宫何处？怎不思量，除梦里、有时曾去。无据。和梦也、新来不做。

【赏析】

花瓣似冰绡裁叠、色泽如胭脂淡染的杏花，娇嫩柔美，艳溢香融，胜似天宫仙女。但身为俘虏的徽宗观之，叹美丽花儿容易凋零，更叹无情风雨的横加摧残。他的内心充满愁苦，凄凉院落，春暮已到何时。看到空中燕子，徽宗想要托付它们向故宫寄去满怀的离愁别恨，但燕子不识人语，何况故宫又在万水千山之外！

肠回九转的思量是免不了的，只是故地重游、旧事重现全在梦中，但如今，就算这样的梦也越发地难得了。

南歌子

李清照

天上星河转，人间帘幕垂。凉生枕簟泪痕滋，起解罗衣，聊问夜何其？翠贴莲蓬小，金销藕叶稀。旧时天气旧时衣，只有情怀，不似旧家时！

【赏析】

天上星河移转，人间夜幕笼罩。秋凉从枕席间透出来，枕上褥边，点点斑斑是词人洒落的泪痕。她难耐这秋夜的清寂与清寒，起身更衣，向他人问起夜已几何。而当取出那件贴着翠色莲蓬、金色荷叶绣样的襦衣，睹物之情更将悲怀深深触动。『旧时天气旧时衣，只有情怀，不似旧家时。』——同样的天气，同样的衣衫，只有历经沧桑的心情，不再和从前一样。

一剪梅

李清照

红藕香残玉簟秋①。轻解罗裳，独上兰舟。云中谁寄锦书来？雁字回时，月满西楼。

花自飘零水自流。一种相思，两处闲愁。此情无计可消除，才下眉头，却上心头。

【注释】

①簟（diàn）：席子。

【赏析】

这是一首别离词，是词人和丈夫分离后的相思之作。词的上半部分写词人怀远念归。开篇一句点出时令，大概在清秋时节。『红藕香残』写户外的莲藕，『玉簟秋』写室内的凉席，这两处描写都是在渲染节气。此句色彩明丽，含蓄深沉，景中含情。这一句内涵丰富，为全词营造出一种凄凉的氛围。

随后五句交代词人一天的行动。『轻解罗裳』两句，写词人心事满怀，于是泛舟河上。『独上』二字，说明词人是独自一人。『云中』一句，直写相思之情。『雁字回时，月满西楼』，情景交融，营造出一种迷离的意境，使人愁绪暗生。

词的下半部分写离愁之深。『花自飘零』一句，上承前文的景物描写，下启后文的情感抒发，写落花流水之景，寓情于景，呼应上文的『红藕香残』『独上兰舟』两句。随后两句，直抒胸臆，写自己的相思之情，这里视角暗转，抒情对象不再只是词人一人，而是把其丈夫也并入其中，两人都为相思所苦，可见他们情意之深。最后三句，写相思之苦无法摆脱。词人笔法高超，『眉头』与『心头』相对应，『才下』与『却上』相对应，对仗工整，妙笔生花，把相思之情的微妙变化描绘得惟妙惟肖，感人肺腑。

渔家傲

李清照

天接云涛连晓雾，星河欲转千帆舞。仿佛梦魂归帝所。闻天语，殷勤问我归何处？

我报路长嗟日暮，学诗谩有惊人句。九万里风鹏正举。风休住，蓬舟吹取三山去。

【赏析】

这也许是遥望海天时的遐想，也许是于缥缈梦境的游离，总之，那苍茫壮阔的云涛雾海，令人目眩的灿烂星河，还有随风舞荡的千叶白帆确乎是在同一时刻映入了李清照的眼帘，让她胸怀尽敞，飘飘乎如在回归天帝居处的路上。她也果真听到了似曾相识的声音从天空中清晰传来，亲切地问她将往何处。李清照率真作答，感叹求索之路漫长曲折，感伤满腹才华却不知有何用处；她不无激动地请求天帝让那举鹏高飞的九万里长风来辅助自己的小舟，将自己带到那理想的仙山琼阁。

如梦令

李清照

常记溪亭日暮，沉醉不知归路。兴尽晚回舟，误入藕花深处。争渡，争渡，惊起一滩鸥鹭。

【赏析】

曾经独泛小舟于溪畔荷塘，又在酒酣兴尽后驾舟归来，只是恍惚迷离间已不辨归途，因而不知不觉地误入到藕花深处。天色渐晚，归心渐切，正因荷丛密密匝匝难于速出而略显焦急，却误打误撞惊起一群已经栖息了的鸥鹭，故而重新唤来意兴一片。

如梦令

李清照

昨夜雨疏风骤，浓睡不消残酒。试问卷帘人，却道海棠依旧。知否？知否？应是绿肥红瘦。

【赏析】

这首词写法别致，是李清照的成名作之一。全词曲折委婉，意境层层递进，虽只六句，却几度转承，时时宕开一笔。

『昨夜雨疏风骤，浓睡不消残酒』写的是昨夜的情景，包含了两个内容——风雨和喝酒。『雨疏风骤』直言昨夜的风雨：雨点稀疏，风声急骤；而写喝酒的情景却很婉转，『浓睡』即酣睡之意，证明昨夜大醉，故可知酒喝得很多；从『不消』二字，可看出词人是借酒消愁，沉沉的酣睡都不能把残存的酒力以及内心的愁苦全部消尽，足见愁有多深。前两句一明写，一隐写，境界全出，尽显风采。『试问卷帘人』以下五句是今晨的情景。词人一早醒来，虽酒意未消，但仍想起昨夜的雨狂风猛，于是一起身就问正收拾房屋、启户卷帘的侍女：『庭园里的海棠现在怎么样了？』因词人不确定昨夜的风雨是否摧残到园中的海棠花，故言『试问』。『卷帘人』的回答：『海棠依旧』。一个『却』字用得极妙，将词人的情致与侍女的冷漠态度描绘得活灵活现。显然词人不满侍女的回答，于是反驳道：『知否？知否？应是绿肥红瘦。』虽然词人的语气肯定，但毕竟自己没有亲见海棠花的状态，故用『应是』。以『绿』和『红』两种颜色指代叶子和花朵，以『肥』和『瘦』形容叶之繁茂与花朵凋零，可谓新鲜之极，动人之极，只是随手点染却又神气兀然。这首小令虽然篇幅短小，但却有人物、场景以及对白，将宋词的语言表现力和词人的才华表现得淋漓尽致。

凤凰台上忆吹箫

李清照

香冷金猊①，被翻红浪，起来慵自梳头。任宝奁尘满②，日上帘钩。生怕离怀别苦，多少事、欲说还休。新来瘦，非干病酒③，不是悲秋。

休休④。者回去也，千万遍阳关⑤，也则难留。念武陵人远，烟锁秦楼⑥。惟有楼前流水，应念我、终日凝眸。凝眸处，从今又添、一段新愁。

【注释】

①金猊（ní）：狮形香炉。②奁（lián）：女子梳妆用的镜匣。③非干：不关。④休休：算了，罢了。⑤阳关：即《阳关三叠》。⑥秦楼：原是秦穆公女弄玉与夫婿萧史的居所，此处作者用来比喻自己独居妆楼。

【赏析】

本篇为抒写别情之词，写于词人夫君赵明诚赴莱州任职之际，表达了对丈夫深深的思念之情。上片写临别时的哀愁。前三句描写的是一幅慵懒无绪的画面，揭示了词人低沉掩抑的内心愁苦。『任宝奁』二句则又微微露出一种娇纵来：任华贵的镜匣落满灰尘，日上三竿高照帘钩。而下句『生怕离怀别苦』点出『慵』的原因，开始切题。但下句词人又一笔宕开：『多少事、欲说还休。』末三句先从广义上写出致瘦的原因，而自己则是因伤离惜别这种不为人理解的原因。下片抒写别后独守苦盼的幽怨。从悲情到『休休』，词意大幅度跳跃，中间省略了惜别过程，语言凝练。『念武陵人远』二句概括出双方别后相思之情。『武陵人』渐远，而『我』只能幽居妆楼，也许只有楼前流水记住『我』终日凝眸的样子吧。而『凝眸处』，却是『从今又添、一段新愁』。到此全词结句，词人并未点出『新愁』为何，留有不尽意味。

清平乐

李清照

年年雪里，常插梅花醉。挼尽梅花无好意，赢得满衣清泪。

今年海角天涯，萧萧两鬓生华。看取晚来风势，故应难看梅花。

【赏析】

此词是作者流徙南国后以梅花为题写下的感时伤事之作。上阕是作者少女时代无忧生活的剪影：每逢雪天，她常会独自去饮酒赏梅，摘下梅花簪于头上，在一片寒香中醉去。要是折了梅枝归来，就总要大费一番周折，极尽审美地将它们插来挼去，弄得花瓣沾满了衣襟。下阕转入对而今年华老去、天涯漂泊境况的描述，『看取晚来风势，故应难看梅花』两句语出双关，既写狂风过后梅花芳颜不再，隐喻战祸来势之迅猛，今昔情形之遽变；又写『乱世之梅』的凄悲命运，饱含往事不堪回首的沉痛之情。

蝶恋花

李清照

暖雨晴风初破冻，柳眼梅腮，已觉春心动。酒意诗情谁与共？泪融残粉花钿重①。

乍试夹衫金缕缝②，山枕斜欹③，枕损钗头凤。独抱浓愁无好梦，夜阑犹剪灯花弄。

【注释】

①花钿：花朵形的首饰。②夹衫金缕缝：金线缝制的夹衫。③山枕：垫得很高的枕头。欹：同『倚』。

【赏析】

此词是赵明诚在外为官，清照独居青州时所作。时值初春季节，已可显见的春意触动了词人的春心。眼看美丽的春天姗姗而至，而自己却孤身一人，正所谓酒意诗情无人共，玉容妆罢无人赏，她如何能不心生怨意，清泪暗洒？无可奈何之下，她也试图以试穿新衣来寻求宽慰、转移心思，但之后却又堕入山枕斜倚的无聊中，这一次，竟连髻上的凤头宝钗都折损了。怀抱浓愁一日，到该安寝时依然不得解脱，她于是闲拨灯烛，一来为打发苦寂时光，二来人言灯花出现乃是吉兆，她这也算是求吉乞好、祝夫早归吧。

鹧鸪天

李清照

寒日萧萧上琐窗，梧桐应恨夜来霜。酒阑更喜团茶苦，梦断偏宜瑞脑香。

秋已尽，日犹长，仲宣怀远更凄凉。不如随分尊前醉，莫负东篱菊蕊黄。

【赏析】

这首词是李清照南渡后的作品。秋尽冬来之际，透入琐窗的阳光清冷了许多，窗外，梧桐树的叶子因为每夜的寒霜而逐渐枯黄凋落。此时的词人，喜欢在酒意阑珊时泡上一杯浓浓的团茶，品味它苦苦的味道，喜欢在梦断时燃起一片瑞脑，细闻它沁心的幽香。

背井离乡，流徙在外，词人的生活凄苦难耐，度日如年。她因此而常常想起从前漂泊辗转半生、满怀抑郁的三国人物王粲，对于他的登楼怀乡、临风堕泪产生了深沉的共鸣。当忉怛惨恻之情郁塞胸中而无计可施时，词人便选择对菊一醉，以寻求短暂的解脱。

醉花阴

李清照

薄雾浓云愁永昼，瑞脑消金兽①。佳节又重阳，玉枕纱厨②，半夜凉初透。
东篱把酒黄昏后③，有暗香盈袖。莫道不消魂，帘卷西风，人比黄花瘦。

【注释】

①瑞脑消金兽：意谓香炉中的香快燃尽了。瑞脑：香料名。金兽：兽形的铜香炉。②纱厨：纱帐。③东篱：指植有菊花的地方。

【赏析】

此词意在抒发孤居独处的少妇情怀。

轻雾蒙蒙，浓云密布，整个白天正如词人之愁，阴郁，悠长。她点燃瑞脑香，看香烟从金炉中袅袅升起，寂寞，惆怅。

又到重阳佳节，无奈独自闺中，夜半不眠时，词人但觉玉枕纱帐渐为凉意浸透。她也曾在菊丛中把酒消愁，一直到黄昏以后，归来时却只空惹菊香淡淡盈袖。

她自语：『谁说这一切不让人魂消神伤，帘幕被西风卷起，你会看到人儿比菊花还要清瘦。』

武陵春

李清照

风住尘香花已尽[1]，日晚倦梳头。物是人非事事休，欲语泪先流。

闻说双溪春尚好[2]，也拟泛轻舟。只恐双溪舴艋舟[3]，载不动、许多愁。

【注释】

①尘香：尘土中的落花香。②双溪：在浙江金华市，唐宋时已成为文人骚客游赏吟咏的胜地。③舴（zé）艋（měng）舟：小船。

【赏析】

这是词人避乱金华时所作。她历尽离乱之苦，所以词情极为悲戚。上片极言眼前景物之不堪，心情之凄苦。下片进一步表现悲愁之深重，『载不动、许多愁』，将词人内心的愁苦和盘托出，意境深远。

全词充满『物是人非事事休』的痛苦，表现了她的故国之思。构思新颖，想象丰富。通过暮春景物勾出内心活动，以舴艋舟载不动愁的艺术形象来表达悲愁之多。

写得新颖奇巧，深沉哀婉，遂为绝唱。此外，在表现手法上，本词巧妙运用了多种修辞手法，将抽象的感情以具体的形象表达出来，手法新颖，饶有特色。

点绛唇

李清照

蹴罢秋千，起来慵整纤纤手。露浓花瘦，薄汗轻衣透。

见有人来，袜刬金钗溜[1]。和羞走。倚门回首，却把青梅嗅。

【注释】

①袜刬（chǎn）：只穿着袜子。

【赏析】

本词为李清照早年之作，是一首写少女情窦初萌的词。

上片写少女荡完秋千的情景，这时少女荡秋千的动作已经停止了，只见她『蹴罢秋千，起来慵整纤纤手』。少女看见花上的露水，才感觉到『薄汗轻衣透』。词人以白描的手法、生动而通俗的语言，将一个荡完秋千后的少女神态勾勒出来。下片描写少女初见客人的情景。『见有人来』，少女惊诧无比，低头看到自己的衣衫不整，于是连忙回避。词中虽对访客不着一字，但从少女的表情和神态，可以断定对方肯定是一位翩翩美少年。『倚门回首，却把青梅嗅』二句，词人以极为简练的语言将少女怕见又想见、想见又不敢见的微妙心理刻画得入木三分。

本词实为描写李清照闺中生活的词，词中生动形象地描述了李清照与赵明诚这两位对幸福爱情与婚姻充满了憧憬的青年男女见面的一个场景，从中也可看出李清照闺中生活的无忧无虑，充满了欢乐。全词语言通俗，风格明快，节奏轻松，是李清照早年的代表词作。

永遇乐

李清照

落日镕金，暮云合璧，人在何处？染柳烟浓，吹梅笛怨，春意知几许？元宵佳节，融和天气，次第岂无风雨？来相召、香车宝马，谢他酒朋诗侣。

中州盛日，闺门多暇，记得偏重三五[①]。铺翠冠儿[②]，捻金雪柳[③]，簇带争济楚[④]。如今憔悴，风鬟雾鬓，怕见夜间出去。不如向、帘儿底下，听人笑语。

【注释】

①三五：指元宵节。②铺翠冠儿：嵌插着翠鸟羽毛的女士帽子。③捻金雪柳：以金丝做点缀的绢花。④簇带：成簇的插戴。济楚：整洁貌。

【赏析】

夕阳好像熔开了的金块，暮云托出玉璧般的新月。美好景色，不能消释词人孤身流落的愁怀，但看到柳色渐青，听到《梅花落》的笛声，她也恍然问起『春意几许』。『气候虽然渐渐暖和起来，但难保没有风雨吧？』变幻莫测的世事，让词人常怀着疑惧的心情。她婉言谢绝了酒朋诗友们的热情相召，独处中，黯然追忆起在汴京欢度元宵的繁华往事。如今憔悴，雾鬓风鬟，她不愿参加夜游庆典，今夜的她，只在帘儿底下，听人笑语。

声声慢

李清照

寻寻觅觅，冷冷清清，凄凄惨惨戚戚。乍暖还寒时候，最难将息[①]。三杯两盏淡酒，怎敌他、晚来风急。雁过也，正伤心，却是旧时相识。

满地黄花堆积，憔悴损，如今有谁堪摘？守着窗儿，独自怎生得黑？梧桐更兼细雨，到黄昏、点点滴滴。这次第[②]，怎一个愁字了得？

【注释】

①将息：将养休息。②次第：情形，景况。

【赏析】

靖康之变后，李清照经历国破、家亡、夫死，伤于人事。这时期她创作的作品再不复当年的清新可人，风格转为沉郁凄婉，主要抒写她对亡夫赵明诚的怀念和自己孤单凄凉的景况。这首词就是通过对秋景的描绘，渲染出一种凄凉伤感的氛围，抒写了词人在漂流境遇中无限伤感、落寞的情怀。

上片以景写情，境界凄凉。七组叠词中，不见一个『愁』字，却让人读来有徘徊低迷、婉转凄楚之感，余味无穷。上片以雁过长天的仰视镜头收尾，下片则以黄花满地的俯视镜头开篇，过渡巧妙、自然。

总的看来，词人用直白的语言、铺陈的手法，融情于景，委婉含蓄地表现出了一种多侧面、多层次、深刻细腻的感情。前人评价这首词：『声声含泪，物物关情；一字一泪，满是悲愁。』非常有见地。词人不直接说愁，这愁情是在含蓄蕴和的表情方法和环境景物的烘托渲染下表现出来的，因而给读者留下了非常广阔的想象空间。

南宋词

蝶恋花

范成大

春涨一篙添水面。芳草鹅儿，绿满微风岸。画舫夷犹湾百转①，横塘塔近依前远。

江国多寒农事晚。村北村南，谷雨才耕遍。秀麦连冈桑叶贱，看看尝面收新茧。

【注释】

①夷犹：犹豫迟疑不前。

【赏析】

这是一首吟咏农村田园春意的词。上阕写水乡春景：春水涨了有一篙深，两岸芳草茵茵，有鹅儿栖息其中。微风吹来，画舫在碧湾里百转不前，远远望去，横塘塔一如既往地岿然屹立。下阕写田园农事：水乡气温偏低，农事自然晚些，直到谷雨前后村南村北的田地才尽皆被耕种。现在秀麦一冈连着一冈，桑叶也多了起来，很快就可以尝新面和收新茧了，丰收已然在望。

采桑子

吕本中

恨君不似江楼月，南北东西。南北东西。只有相随无别离。

恨君却似江楼月，暂满还亏。暂满还亏。待得团圆是几时？

【赏析】

同一事物，引发出两种感叹。一者感叹恋人不似『江楼月』，不能照耀自己南北东西，只有相随，没有别离；一者感叹恋人却似『江楼月』，才满便亏，不能与自己长久团圆。词文明白如话，用喻巧妙自然，尽系真情流露而成，所以尤为难能可贵。

忆秦娥

向子諲

芳菲歇，故园目断伤心切。伤心切，无边烟水，无穷山色。

可堪更近乾龙节①，眼中泪尽空啼血。空啼血，子规声外，晓风残月。

【注释】

①乾龙节：君王的生日。此指宋钦宗的生日。

【赏析】

时逢暮春季节，四处残红零落，芳菲消歇。作者举首远望，见山长水阔，烟雾茫茫，想到故园渺远难归，不禁悲从中来。眼下又近钦宗生日，这个以往须举国同庆的日子而今却承载着太多的耻辱，一念及此，作者万分哀痛，故而以眼泪啼尽空啼血形容此时情态。

词尾以『子规声外，晓风残月』的凄凉晨景作结，结合上片『无边烟水，无穷山色』的暮色来看，暗含词人日夜伤心痛切之意。

忆秦娥

房舜卿

与君别，相思一夜梅花发。梅花发。凄凉南浦，断桥斜月。

盈盈微步凌波袜。东风笑倚天涯阔。天涯阔，一声羌管，暮云愁绝。

【赏析】

一夜相思后，起身来到窗前，惊讶于窗前梅花尽已绽放。是上天怜念相思之苦，还是伊人担心我旅途寂寞？作者暗自思忖。梅花似人，那独立南浦断桥，月下清影暗投的梅花正如思绪悄然时的她；那盈盈含笑、倚风立于天涯的梅花正如乐观灵透的她。于是眼前株株怒放的梅花都变作了她的化身，安慰着这位刚刚踏上征程的旅人。

正思索间，远处传来一声羌笛，将作者从畅想拉回到现实当中。天边已是暮云堆叠，正似行人离愁，变得愈加浓厚起来。

苍梧谣

蔡伸

天，休使圆蟾照客眠①。

人何在，桂影自婵娟②。

【注释】

①圆蟾：圆月，古人以为月中有桂树、玉蟾，故称。②婵娟：指月光美好。

【赏析】

前两句向天呼告：天啊，请不要让圆月照着我这在异乡作客的人。后两句一问一叹：我的心上人何在？明月桂影啊，可惜你白白呈现着圆满与美好！

忆王孙·春词

李重元

萋萋芳草忆王孙①，柳外楼高空断魂，杜宇声声不忍闻②。欲黄昏，雨打梨花深闭门。

【注释】

①萋萋句：《楚辞·招隐士》有，『王孙游兮不归，春草生兮萋萋』。②杜宇：杜鹃。

【赏析】

面对萋萋芳草思念远出不归的行人，空自在窗前柳枝轻拂的高楼上眺望、惆怅，不忍听杜鹃凄厉的啼声。天向黄昏，晚风暮雨吹打梨花，少妇不忍看残花落地，于是深深地关闭了家门。

临江仙·夜登小阁忆洛中旧游

陈与义

忆昔午桥桥上饮①，坐中多是豪英。长沟流月去无声②。杏花疏影里，吹笛到天明。

二十余年如一梦，此身虽在堪惊。闲登小阁看新晴。古今多少事，渔唱起三更。

【注释】

①午桥：洛阳南十里，为作者昔日与友人把酒言欢的处所。②长沟：长长的河道。

【赏析】

想起从前在午桥上宴饮的情景，在座的都是英雄豪杰，那一个个月光随溪水无声流走的夜晚，作者一干人等在杏花疏淡影子的笼罩下，聆听笛奏，直到天明。

转眼二十年过去，沧海桑田，恍若一梦；作者身虽健在，但回首一路经历，犹让人惊魂难定。他闲来登上小阁楼，仰望雨后晴朗的夜空，听古往今来多少人间事，都化入午夜悠扬的渔唱声中。

贺新郎·寄李伯纪丞相

张元幹

曳杖危楼去①。斗垂天、沧波万顷②，月流烟渚③。扫尽浮云风不定，未放扁舟夜渡。宿雁落、寒芦深处。怅望关河空吊影，正人间鼻息鸣鼍鼓④。谁伴我，醉中舞？

十年一梦扬州路⑤。倚高寒、愁生故国，气吞骄虏⑥。要斩楼兰三尺剑⑦，遗恨琵琶旧语⑧。谩暗涩、铜华尘土⑨。唤取谪仙平章看⑩，过苕溪尚许垂纶否⑪？风浩荡，欲飞举。

【注释】

①危楼：高楼。②斗：星斗。③烟渚：烟雾笼罩的小洲。④鼻息鸣鼍（tuó）鼓：鼻息有如鼍鼓般鸣响。鼍鼓：鼍皮制成的鼓。⑤十年一梦：宋高宗即位的建炎元年距此时已十年。十年间，金人尽占中原，扬州也由昔日的繁华都市变成了烽烟四起的前线。⑥骄虏：骄横的敌人。⑦斩楼兰：《汉书·傅介子传》载，傅介子出使西域，设计诛与匈奴狼狈的楼兰王归。此处以楼兰喻金人。⑧琵琶旧语：以当年王昭君因西汉王朝与匈奴的和亲政策而被迫嫁往匈奴来比喻南宋王朝与金人一味的屈膝求和。相传王昭君善弹琵琶，故

曰『琵琶旧语』。⑨漫暗句：意谓空让宝剑锈蚀暗淡，沾惹尘土。⑩谪仙：指李白，贺知章曾称李白为『谪仙人』。平章：评论。⑪苕（tiáo）溪：水名，在浙江。垂纶：垂钓。

【赏析】

他独自拖着拐杖，登上高楼遥望。辽阔的夜空中，北斗高悬；月光倾泻，在波涛万顷的江面上，一方汀洲烟雾迷蒙。不久，起风了，变化不定的风吹散了浮云，也使得渡口无法开船。在那瑟瑟的芦丛深处，栖宿着一群大雁。人们都已安睡，只有作者怅望关河，形影相吊的他，却昂扬起舞，以此向李丞相寄出自己坚定的心志。

十年之间，扬州已成废墟，昔日繁华犹如一梦。作者忧愁光复难成，但心中豪气仍存，矢志吞灭胡虏。他希望朝廷重拾起杀敌三尺剑，不愿看到宝剑空积尘土，从此汉家妃子含泪入胡。他在此询问李丞相，山河破碎，虽然报国艰难，但是否就可撒手而去，归隐山林？此时长风浩荡，宛若欲送壮士再展宏图。

柳梢青

杨无咎

茅舍疏篱，半飘残雪①，斜卧低枝。可更相宜：烟笼修竹，月在寒溪。

宁宁伫立移时②，判瘦损、无妨为伊③。谁赋才情，画成幽思，写入新诗？

【注释】

①残雪：指飘落的梅花瓣。②宁宁：静静地。③判：同『拚』。伊：指梅花。

【赏析】

在那围着稀疏篱笆的茅草屋旁，种着一株白色梅花，花瓣落下，犹如雪片飘飞；它枝干低压，好似悠闲斜卧。但观看白梅自有更好的时间：当轻烟笼罩了它身边的修竹，当月光遍洒在它身下的寒溪。

词人静静伫立观赏梅花，不觉间时光流走。他爱梅之深，从『为了你，我愿拼却憔悴消瘦』的心语可以显见；他礼赞梅花的一片热忱，通过『谁与我才情，画出梅的幽思，将它写入新诗』的祈问得到表达。

饮马歌

曹勋

此腔自虏传至边，饮牛马即横笛吹之，不鼓不拍，声甚凄断。闻兀术每遇对阵之际，吹此则鏖战无还期也。

边头春未到，雪满交河道。暮沙明残照，塞峰云间小。断鸿悲，陇月低①。泪湿征衣悄，岁华老。

【注释】

①陇月：高地上的月亮。

【赏析】

《饮马歌》是胡地民歌，抒写的是连年征战的胡兵的悲愁哀怨。小令融情入景，不但将边塞荒凉寂寥的景象摹写得历历如绘，更以失群的鸿雁、低垂的陇月烘托士兵们心中的哀怨凄恻，结尾处对于他们悄声饮泣、泪湿征衣，空叹年华老去的叙写，除却能让人真切感到其伤悲之深，亦可见战争并非广大胡人士卒的意愿。

满江红

岳飞

怒发冲冠，凭阑处、潇潇雨歇。抬望眼，仰天长啸，壮怀激烈。三十功名尘与土，八千里路云和月。莫等闲、白了少年头，空悲切。

靖康耻[1]，犹未雪。臣子恨，何时灭？驾长车踏破、贺兰山缺[2]。壮志饥餐胡虏肉，笑谈渴饮匈奴血。待从头、收拾旧山河，朝天阙。

【注释】

①靖康耻：指北宋靖康二年（1127年）徽、钦二帝被掳入北廷之事。②贺兰山：在今宁夏境内，此代金人基地。

【赏析】

《满江红》是岳飞的代表作，充分反映了他抗金救国的雄心壮志和慷慨豪迈的英雄气概。

词的上半部分抒写词人渴望建功立业的凌云壮志。『怒发冲冠』一句，以磅礴的气势开篇，随即稍顿笔锋，颇有节奏感。之后笔锋直上，转为『仰天长啸』，抒发精忠报国的壮志豪情。然后词人借『三十功名尘与土，八千里路云和月』两句剖白心迹。这两句，把岳飞的豪情壮志表露无遗。最后三句紧承上文，是词人的自勉之语。词的下半部分引史入词，以史为鉴，以史为鞭，传达出词人杀敌报国的决心与自信。『靖康耻，犹未雪。臣子恨，何时灭』四句，是全词的中心，交代了词人如此渴望收复山河的原因。其后的『饥餐』『渴饮』，以夸张之笔表达了词人对敌人的憎恨，同时也展露出词人收复河山的信心和英勇的乐观精神。『待从头、收拾旧山河，朝天阙』，一方面表明词人对朝廷的忠诚，另一方面又体现出词人收复河山的坚定信心。

全词气势激昂，字里行间流露出一股浩然正气和英雄气概。

小重山

岳飞

昨夜寒蛩不住鸣①，惊回千里梦，已三更。起来独自绕阶行，人悄悄，窗外月胧明。
白首为功名，旧山松竹老，阻归程。欲将心事付瑶琴，知音少，弦断有谁听。

【注释】

①蛩（qióng）：蟋蟀。

【赏析】

昨夜为蟋蟀鸣寒的声音所惊醒，我的梦魂从很远的地方飞回。在那三更的深夜，我不能继续入睡，于是起来，披衣在庭院徘徊。人们都悄然安睡，月光朦胧微明。

想起这一生白首为功名，故乡的青松翠竹也将老去吧，但我却身不由己，不能回到『她』的身边。我想要用琴声诉说我的心事，但知音稀少，就是弹断了琴弦，又有谁能明白？

鹧鸪天

周紫芝

一点残红欲尽时①，乍凉秋气满屏帏。梧桐叶上三更雨，叶叶声声是别离。
调宝瑟，拨金猊②，那时同唱鹧鸪词。如今风雨西楼夜，不听清歌也泪垂。

【注释】

①残红：残灯。②金猊（ní）：雕成狮形的香炉。

【赏析】这是一首秋夜怀人之作。词人用借景抒情，情景交融的写法，以委婉曲折的叙述方式，写了男主人公对一位歌女的深深相思之情。

词的上半部分写景，词人笔法高妙，把客观之景和人的主观感受有机结合，营造出一种凄凉的氛围，为下文做铺垫。词的下半部分是对往昔的追怀。这里记忆中的欢快之音与上片中离别后的悲凉雨声相呼应，两者形成鲜明对比，也正因此，男主人公抚今追昔，感慨万千。结句中的『如今』起了转折作用，使人不由得将过去的欢乐与现在的悲伤进行对比。这首词融视觉、感觉、听觉为一处，融主观和客观为一体，哀怨深沉，感人肺腑，具有极强的艺术感染力。词人妙用对比，以昔日之欢巧衬今日之愁，把一腔愁思表现得凄婉动人，让人读之黯然。

霜天晓角·蛾眉亭

韩元吉

倚天绝壁，直下江千尺。天际两蛾凝黛，愁与恨、几时极？

暮潮风正急，酒阑闻塞笛。试问谪仙何处？青山外、远烟碧。

【赏析】蛾眉亭踞绝壁之上，俯览长江，垂直千尺有余，奇峻险要；登之四望，但见远山似蛾眉紧蹙，近处江潮汹涌，实具让人牵愁起恨之景象，作者亦深受感染。作者的愁恨，缘于家国零落，当风吹酒醒后，他依稀听得边防军（其时宋军已退至此处设防）苍凉悲怆的笛声，忧国伤时之情因此而萦绕胸中，挥之不去。

然而他最终为自己找到的出路是效仿诗人李白，纵情山水，不与世事，这样的思想不能不说是南宋文人们面对困厄艰难所呈现出的通病吧。

眼儿媚　朱淑真

迟迟春日弄轻柔，花径暗香流。清明过了，不堪回首，云锁朱楼。
午窗睡起莺声巧，何处唤春愁？绿杨影里，海棠亭畔，红杏梢头。

【赏析】

春风轻轻吹拂着花枝，小径暗暗流动着花香，在这样的春色里，应感舒心惬意才是，而词中之人心中却愁绪绵绵，这是为何呢？『清明过了，不堪回首，云锁朱楼。』原来她已经在想清明时花残春尽的景象了。想到春之终期于尽，面对眼前的鸟语花香，自然是别有一番滋味在心头的。于是，『绿杨影里，海棠亭畔，红杏梢头』这些令人赏心悦目的春景，无一不染上了作者的春愁。

踏莎行·山居　张抡

秋入云山，物情潇洒。百般景物堪图画。丹枫万叶碧云边，黄花千点幽岩下。
已喜佳辰，更怜清夜。一轮明月林梢挂。松醪常与野人期①，忘形共说清闲话。

【注释】

①松醪：用松膏酿制的酒。野人：山野之人。

【赏析】

秋天走入白云掩映的山林，各色景物干净而明丽，正合用图画加以描绘。蓝天，白云，山崖上的万叶红枫，幽岩下的千点黄菊，美丽的秋日让人欣喜，清爽的秋夜更惹人怜爱。当一轮明月挂上树梢，词人便携带着自酿的松醪前去赴约，与山农野老在月光下无拘无束地闲话家常，谈天说地。

瑞鹤仙

袁去华

郊原初过雨。见败叶零乱，风定犹舞。斜阳挂深树。映浓愁浅黛，遥山眉妩。来时旧路，尚岩花、娇黄半吐。到而今、唯有溪边流水，见人如故。

无语。邮亭深静，下马还寻，旧曾题处。无聊倦旅。伤离恨，最愁苦。纵收香藏镜，他年重到，人面桃花在否？念沉沉，小阁幽窗，有时梦去。

【赏析】

这是一首感伤离别的小词，记叙了词人寻访恋人，却不见恋人踪影之事，表达了深深的相思。

上片前六句均为景物描写，写到了郊原、落叶、清风、斜阳、远山等景物。从这些萧索的景物中我们可以看出，词人并不单单是在描写景物，而是通过它们来表达自己心中的凄惶。『来时』三句写昔日之景，『到而今』三句写如今之景，一昔一今，一乐一哀，形成了鲜明的对比。

下片『无语』二字紧接上文，写出了自己的无奈。虽然没有寻访到旧日恋人，词人还是不忍离去，于是『下马还寻，旧曾题处』。接下来，词人由写景、叙事转入了抒情，尤其是『伤离恨，最愁苦』六字直接点明了本词的主旨。『收香』是说晋代贾午在与韩寿离别时，赠韩寿以奇香，以此作为留念；『藏镜』是说南朝陈乐昌公主与爱人徐德言将一面镜子摔为两半，各自珍藏一半，以作为夫妻信物。『收香藏镜』四字化用典故，暗示恋人其实也深深爱恋着自己。然而，不管恋人如何爱恋着自己，也不管恋人曾赠给自己多少信物，现在终究难寻恋人踪迹。时过境迁，『他年重到』，旧地重游，却物是人非。于是词人发出『人面桃花在否』的疑问，暗含『人面不知何处去，桃花依旧笑春风』之意。至此，我们也明白了词人『伤离恨』的感慨中『离恨』之所指，原来是词人与恋人离别后，因担心重逢无望而产生的惆怅。最后三句是词人设想自己在梦中与恋人相会时的情景。一个『念』字，传达出词人对于现实的万般无奈。

本词采用了虚实相间的写法，用委婉曲折的诉说方式道出了心中的愁思。文笔清新淡雅，意境深沉哀婉。

钗头凤

陆游

红酥手①，黄縢酒②，满城春色宫墙柳。东风恶，欢情薄。一怀愁绪，几年离索。错，错，错！

春如旧，人空瘦，旧痕红浥鲛绡透③。桃花落，闲池阁。山盟虽在，锦书难托。莫，莫，莫！

【注释】

①红酥手：红润白嫩的双手。②黄縢酒：黄纸封坛的美酒。③浥（yì）：浸湿。鲛（jiāo）绡：丝帕。

【赏析】

这首《钗头凤》记述了陆游与表妹唐琬的一次别后重逢。唐琬是陆游的表妹，也是著名的才女。她自小与陆游青梅竹马，两小无猜，长大后结为夫妇，感情深厚。但陆母却因其误陆游求仕之心，极为厌恶唐琬，并强行拆散两人。陆游迫于母命，万般无奈，便与唐琬忍痛分离。后来，陆游依母亲的心意，另娶王氏为妻，唐琬也迫于父命嫁给同郡的赵士程。几年过后，两人在沈园相见，陆游感慨万千，忍痛挥笔写就了这首《钗头凤》，抒发了词人幽怨而又无处言说的苦痛。

上片感慨往事，下片从感慨往事回到现实。春光依旧，只是佳人空瘦，如此憔悴的形象，可见离索的几年，他们都是在痛苦折磨中度过。整首词富有极强的节奏感，声情并茂，词中未言泪，却尽带泪，未言情，情却深，其中六个叹词尤为出彩，生生把读者带入『无可奈何花落去』的悲凉意境中。

秋波媚·七月十六日晚登高兴亭望长安南山

陆游

秋到边城角声哀，烽火照高台。悲歌击筑①，凭高酹酒②，此兴悠哉。

多情谁似南山月，特地暮云开。灞桥烟柳③，曲江池馆④，应待人来。

【注释】

①筑：古击弦乐器，演奏时，以左手握持，右手以竹尺击弦发音。②酹（lèi）酒：将酒倒在地上，表示祭奠或立誓。③灞桥：在长安东面的灞水之上，为唐人送别之处。④曲江：曲江池，位于西安市南郊，曾是唐时极为富丽优美的园林。

【赏析】

秋天里来到边城，耳畔回荡着阵阵悲凉的角声，作者一行等待平安烽火燃过后，登上了高兴亭。他们凭高酹酒，慷慨悲歌，豪情四溢。大家意气相投，河山收复有望，词人无比高兴。

少顷，月出于南山之上，分开暮云，明亮非常。作者感叹月儿多情，使人能够遥见长安，让他们了解到，灞桥烟柳、曲江池馆，一切长安风物，都在深情盼望王师的到来。

卜算子·咏梅

陆游

驿外断桥边，寂寞开无主。已是黄昏独自愁，更着风和雨。

无意苦争春，一任群芳妒。零落成泥碾作尘，只有香如故。

【赏析】

本篇为咏梅抒怀的名作。上片写梅花无人爱惜、受风雨欺凌的遭际。面对看似无法承受的愁苦，梅花仍然『开』。足见其倔强、顽强的秉性。下片写梅花品格的高洁。在百花盛开、争奇斗艳的时刻，它却『无意苦争春』，所以就算『群芳』有『妒心』，也『一任』它们去嫉妒吧。此处词人借梅花表现了自己的不幸遭遇，进而表达了对苟且偷安的那些人的无情鄙视。末二句『零落成泥碾作尘，只有香如故』暗含词人的不屈服、不妥协的高尚品格。全词借物言志，表现了词人独持清高、孤芳自赏、不慕名利，绝不同流合污的高尚品格。

夜游宫·记梦寄师伯浑

陆游

雪晓清笳乱起①，梦游处、不知何地。铁骑无声望似水②。想关河，雁门西③，青海际④。

睡觉寒灯里，漏声断⑤，月斜窗纸。自许封侯在万里⑥。有谁知，鬓虽残，心未死！

【注释】

①清笳：凄凉的胡笳声。②铁骑句：意谓铁骑含枚前行，远望有如一片波光。③雁门：雁门关。在山西代县北部，长城要口之一，北拒塞外高原。④青海：青海湖，为边防重地。⑤漏声断：漏壶里的水滴光了，指深夜。⑥自许封侯在万里：意谓自信能够在万里之遥的边关建功封侯。

【赏析】

听到清脆的胡笳声，看到无声的铁骑军容，作者恍惚而不知身在何处，于是暗自猜想：这是在雁门关西，还是在青海战地？

醒来方知刚刚只是梦境，屋内灯光微弱，漏声已断，夜深人静，月光斜洒窗纸。

作者一直自信能够在万里之遥建功封侯，念念不忘到前方抗敌，只是蹉跎半生，终不能如愿。不过即便如此，他仍难释心结，自云：鬓发虽已脱落，但报国壮心不死。

诉衷情

陆游

当年万里觅封侯，匹马戍梁州①。关河梦断何处？尘暗旧貂裘②。
胡未灭，鬓先秋③，泪空流。此生谁料，心在天山④，身老沧洲⑤。

【注释】

①梁州：今陕西汉中一带。②尘暗旧貂裘：意谓貂裘上积满了尘土，颜色也因日久而改变。借用苏秦典故说自己不受重用，未能施展抱负。③鬓先秋：意谓鬓发却先白了。④天山：在今新疆境内，汉唐时为

西北边陲。⑤沧洲：江湖归隐之地。

【赏析】

陆游出生的第二年，北宋便为金人所灭。陆游青壮年时期一心向往北伐中原，收复失地。这首词便是陆游晚年退居山阴抒写此种情怀的名篇。

上片『当年万里觅封侯，匹马戍梁州』二句，词人回忆了昔日奔赴抗敌前线的勃勃英姿。『关河梦断何处？尘暗旧貂裘』写的是现在的情景，往日军旅生活依然历历在目，可此时关塞河防的愿望只能在梦中实现。下片抒写了壮志未酬、报国无门的感叹。『胡未灭，鬓先秋，泪空流』三句，每句三字，步步紧逼，短促而有力，诉尽平生不得志。『此生谁料，心在天山，身老沧洲』是词人的总结和自我反省：这一生谁能预料，原想一心一意抗敌在天山，如今却一辈子老死于沧洲！

钗头凤

唐琬

世情薄，人情恶，雨送黄昏花易落。晓风干，泪痕残，欲笺心事，独倚阑干。难，难，难！

人成个，今非昨，病魂常系秋千索。角声寒，夜阑珊①，怕人寻问，咽泪装欢。瞒，瞒，瞒！

【注释】

①阑珊：将尽。

【赏析】

世情凉薄，人情险恶，黄昏暮雨中花儿最易凋落。晨风吹干泪水，泪痕残留脸上，本想写下心事，却终作倚栏自语，唐琬哀叹：『难，难，难。』

人已离散，今非昔比，如今的唐琬犹如秋千架上的绳索，摇摇荡荡，多病多忧。她每每长夜无眠，愁听清寒号角，直到夜色阑珊。她有苦无处倾诉，因为怕人询问，还要咽泪装欢，她只能将一切深深地隐瞒，隐瞒。

卜算子

程垓

独自上层楼，楼外青山远。望到斜阳欲尽时，不见西飞雁。

独自下层楼，楼下蛩声怨。待到黄昏月上时，依旧柔肠断。

【赏析】

独自登楼眺望，楼外青山隐隐，望到夕阳将尽时，仍不见传递音书的西飞之雁。独自走下层楼，楼下蟋蟀鸣声如怨，直到黄昏月上时，依旧会是柔肠寸断，愁思无限。

昭君怨·赋松上鸥

杨万里

晚饮诚斋，忽有一鸥来泊松上，已而复去，感而赋之。

偶听松梢扑鹿①，知是沙鸥来宿。稚子莫喧哗，恐惊他。

俄顷忽然飞去②，飞去不知何处。我已乞归休，报沙鸥。

【注释】

①扑鹿：象声词，鸟儿振翅的声音。②俄顷：不一会儿。

【赏析】

此词是作者在诚斋晚饮时见一沙鸥栖于松上而复去，因之有感而作。

初读并不觉有特异之处，作者只是撷取了闲居生活中的一个片断，语句清明，一目了然；然而反复吟咏，愈觉其思致新颖，笔墨灵隽，寓意深远。杨万里为人正直敢言，因奸相专权而辞官居家终老，但其内心是颇为不平静的，心系国事却又无可奈何，只好以退隐思想来安慰自己，这首词就可以说是他当时心境的一个很好的反映。全词实际上有一个隐而未露的典故，即『鸥鹭忘机』典，惝恍失意的作者正是想忘掉世间的一切心机，与沙鸥相伴了此余生，这一层意思，是需要读者细心品味的。